The Lambkins

ドールハウスから逃《に》げだせ！

イヴ・バンティング／瓜生知寿子訳

ハリネズミの本箱

早川書房

ドールハウスから逃《に》げだせ！

THE LAMBKINS
by
Eve Bunting
Copyright ©2005 by
Edward D. Bunting and Anne E. Bunting
Trustees of the Edward D. Bunting and Anne E. Bunting Family Trust
Translated by
Chizuko Uriu
First published 2006 in Japan by
Hayakawa Publishing, Inc.
This book is published in Japan by
arrangement with
HarperCollins Children's Books
a division of HarperCollins Publishers, New York
through Japan Uni Agency, Inc., Tokyo.
さし絵：矢島眞澄

エドワードに。

E・B

登場人物

カイル……………主人公。絵をかくのが得意《とくい》な中学生の男の子
マック……………野球がうまい高校生の男の子
タニヤ……………バイオリンのじょうずな女の子
ルル………………ダンスの好《す》きな四歳《さい》の女の子
ピッピ……………フォックステリア犬
ミセス・シェパード……ひとり暮《ぐ》らしのおばさん

1

カリフォルニアの少し暑い夜、八時半に、そのおばさんはぼくを誘拐《ゆうかい》した。

マレンゴ画廊《がろう》の絵画教室の帰り、ぼくは自転車で走っていて、女のひとを見かけた。あのときのぼくは、有頂天《うちょうてん》だった。ある収集家《しゅうしゅうか》が、画廊のショーウインドーに展示《てんじ》されている生徒《せいと》の作品の中から、ぼくの絵を買ってくれたのだ。売れたのは、ぼくの絵だけ！　リチャード先生はぼくの肩《かた》をとんとたたいて、にこにこ顔で言った。「百ドルだぞ！　悪くないよな、中学三年のガキにしては」

「もうガキじゃないってば」ぼくは、ぶつくさ言った。でも、内心まいあがっていた。天にものぼる気持ちだった。おかあさんが仕事から帰ってきたらすぐにその話をしようと、うずうずしていた。百ドル！

あのおばさんを見かけたときも、ぼくはそのことを考えていた。

おばさんはアニー通りの道路わきに車をとめて、そのそばに立っていた。トランクがあいていたので、なにかで困《こま》っているのはすぐにわかった。不安そうな顔をしていた。それもそのはず。アニー通りは暗くて、ほとんど人気《ひとけ》がない。

めったに車は走っていないし、スピードの出しすぎを防《ふせ》ぐための道路のでこぼこもないので、ぼくは火曜日と木曜日の夜、絵画教室から帰るときにはいつもこの道を通る。ここなら、自転車のライトに前方の舗装《ほそう》道路が黄色くうかびあがるのを見ながら、すいすい走れる。たまに、オポッサムやスカンクが目の前を横切ることもある。道の片側《かたがわ》にならぶ家は、どれもみな大きくて、高い門と塀《へい》のうんと奥《おく》のほうに建《た》っている。そこにひとが出入りするのを、ぼくは一度も見かけたことがない。道をはさんで反対側は広いあき地で、建物《たてもの》もなにもない。けっこういい感じだ。まるで田舎《いなか》に来たみたいな気分になれる。アニー通りから帰ると、十分ほど早くつける。でも、木立《こだち》の中で風がうなるような音をたてていたりするときはこわくて、力いっぱいペダルをこいで、全速力で走る。

おばさんを見かけたとき、ぼくはすどおりしかけた。いくらこっちが十四歳《さい》で、男だからって、夜、立ち止まって知らないひととかかわりあうのはあぶない。それくらい、ちゃんとわかっていた。

でも、そこにいたのは、おかあさんとおなじくらいの年の女のひと。それも、ぽつんとひとりで。知らんぷりで通りすぎるなんて、ぼくにはとてもできなかった。携帯電話《けいたい》はないのかな？ケータイなんて、みんなもっているだろう。困《こま》っているんだったら、どうしてケータイを使って助けを呼《よ》ばないんだ？

ぼくはスピードを落として、声をかけた。「どうしたんですか？」言いながら、そのひとがほんとうにひとりかどうかをたしかめた。仲間が車の中にかくれていたり近くをうろついたりしていて、突然《とつぜん》おそいかかってくるというのは、よく聞く話だ。用心するにこしたことはない。

でもやっぱりひとりだ。

ぼくは止まった。そして、自転車にまたがったまま、片足《かたあし》を道路につけた。

「タイヤがパンクしちゃって」女のひとは言った。「よかったわ、ちょうど通りかかってくれて。タイヤ交換《こうかん》は自分でできるのよ。ところがね――」そのひとは両手を広げてみせた。「――信《しん》じられる？　スペアタイヤとジャッキを、トランクから出せないの。ちょっと手伝《てつだ》ってもらえたら……」

けっきょくは、タイヤ交換もぼくがしてあげなくちゃいけないってことだ。しないわけにいかないだろう。おばさんにひとりでやらせるのか？　まいったなあ！　ぼくは早くも、だまって通りすぎればよかったと思いはじめていた。でも、もうどうしようもない。

車のヘッドライトは消えていたが、自分の自転車のライトで、どんな女のひとなのか、だいたいは見えた。

ジーンズに白のぶあついセーターというかっこうだ。こちらに向かって歩いてくるのを見て、ぼくはそのおばさんの髪《かみ》が、あやしいくらい赤いことに気づいた。こんな色の髪がきれいだと思って、染《そ》める女のひともいるんだろうな。でも、笑顔《えがお》はやさしそうだ。前にどこかで会ったことがあるような、不思議《ふしぎ》な気持ちがした。あの赤すぎる髪には、ぴんとくるものがあった。

「いちばん近いガソリンスタンドまで、歩こうかと思ってたところなの」おばさんは車のトランクを指さした。「スペアタイヤもジャッキも、フロアボードの下のいちばん奥《おく》に入ってるみたいなのよねえ」

「わかりました。だいじょうぶですよ」そう言ってから、ぼくはちょっと迷《まよ》った。「自動車協会《きょうかい》には入ってないんですか？　会員だったら、タイヤ交換《こうかん》に来てくれますよ。うちのおかあさんも、ぼくがいないときに一度やってもらったことがあるんです。ケータイ、もってます？　電話してみたらどうですか？」

「もってないのよ、ケータイは」おばさんはこたえた。「ばかでしょう？」

もちろん、おばさんが携帯電話《けいたい》をもっていて、ロードサービスを呼《よ》んでも、助けが来るまではそばにいてあげなくてはいけないだろう。だとしたら、ぼくが今ここでタイヤを交換《こうかん》してしまったほうが、さっさと片《かた》がつくというものだ。

ぼくは自転車をおりて、道路わきの草の上に横だおしにした。万が一ほかの車が通りかかってもじゃまにならないように、なるべくはじっこに自転車を押《お》しやってから、しょっていたリュックを肩《かた》からはずした。

道路の向こうの原っぱでは、コオロギがにぎやかに鳴いていた。そよそよと吹《ふ》く風に乗って、ジャスミンのにおいが流れてくる。ぼくのうちの裏庭《うらにわ》で咲《さ》いているのとおんなじだ。ぼくはおばさんのほうを向いてにっこり笑《わら》った。そして、車のトランクの奥《おく》のほうに頭をつっこんだ。中は暗くて、からっぽだった。ぼくはトランクの底《そこ》を指でさぐって、スペアタイヤ収納部《しゅうのうぶ》のふたがもちあがる場所をさがした。おしりにちくりと痛《いた》みが走ったのは、ちょうどそのときだった。はいていたカーゴパンツの生地《きじ》をつきとおす、鋭《するど》い痛み。

「なんだよ、おい！」ぼくは叫《さけ》んだ。ぱっと体をおこしたら、足もとがふらついた。そこを、うしろから押された。「ちょ、ちょっと――」ぼくは言いかけた。が、どうも口がうまく動かなくて、言葉が出てこない。「待って……」もごもご言いながら、ぼくはふりかえろうとした。でも、どうしても首が動かない。

車のトランクは、ぼくをはさんだまましまりかけている。太ももに金属《きんぞく》が食《く》いこむ。おばさんは、小声でしゃべっている。ほんとうはどうだったのかわからないけれど、ぼくには、「いいから、リラックスして」と何度も何度も言っているように思えた。ぼーっとしているあいだにトランクがいっぱいまでひらいて、真っ暗な中に両脚《りょうあし》が押《お》しこまれた。それでおしまいだった。

2

ぼくは部屋《へや》の中で、敷物《しきもの》の上に横たわっていた。おなじくらいの年の、やせた黒人の女の子が、真上でふわふわとういているように見えた。ぼくは目をつぶった。もう一度目をあけると、女の子がそばにひざまずいて、ぼくの顔の横に洗面器《せんめんき》をさしだしていた。げろのにおいがする。

「まだ吐《は》きそう？　それとも、もうおしまい？」女の子がきいた。

ぼくはその子をじっと見つめた。「だれなの……？」そのとたん、吐《は》き気《け》におそわれて、ふるえながらプラスチックの洗面器に向かってげえげえ吐きはじめた。

部屋には、女の子のうしろに立ってぼくのことをうかがっている年上のアジア系《けい》の男の子と、床《ゆか》にあぐらをかいている小さい女の子がいた。その横で、小さな犬が寝《ね》そべってはあはあいっている。

「くっさーい！」鼻をつまんで、その子は言った。

ぼくはまた、敷物《しきもの》の上にたおれこんだ。

「ほら」男の子がティッシュをくれた。ぼくはそれで口をふいた。胸《むね》がむかむかする。

「まだ出るかもしれない」ぼくは小声で言った。そして、吐《は》いた。

吐きおわると、男の子はまたティッシュをわたしてくれた。

「これ、もう流しちゃっても平気かな？」大きいほうの女の子がきいた。見たことがないくらい黒い目をした子だ。

うなずこうとしたら、頭だけがとれてしまいそうな感じがした。「いてて」ぼくは重りがついたみたいに重い手をあげて、頭の皮がなくなっていないかたしかめてから、洗面器《せんめんき》の中をのぞいてみた。きたない。

「ごめんよ」ぼくは小声で言った。

女の子は肩《かた》をすくめた。「気にしなくていいのよ。みんなおんなじ目にあってるんだから。マック、これ、流してきてくれる？」

「いいよ」男の子がぼくを見おろした。「また例《れい》の、タイヤがパンクしたって手口でやられたのさ？」

「だと思う」ぼくはこたえた。「いったい、どうなってるの？　ここはどこ？　みんなだれなの？」

小さいほうの女の子が、ぼくのことを見ようと、そろりそろり近づいてくる。ピンクのタイツと、すそがぎざぎざのピンクのスカートをはいている。Tシャツの胸《むね》にプリントされているのは、ピンクのクマだ。

「あたしのときは、ふうせんの手口だったんだよね、マック？」

男の子は、小さな女の子の肩《かた》に手をまわした。床《ゆか》から見あげているぼくには、立っている男の子がそびえるほど大きく思える。

「そうだったね、ルルちゃん」男の子はやさしくこたえた。

「でも、みんな、もうすぐここから逃《に》げるんだ。ね？」女の子は、男の子をじっと見あげた。顔も口も横長で、イカ墨《すみ》みたいに真っ黒な髪《かみ》をした男の子だ。

その子は肩をすくめると、「これ、流してこなきゃ」と言った。「ちょっと待ってて」

みんな、だれなんだろう？　これって、夢《ゆめ》？　ぼくは目をつぶって、もう一度あけてみた。でも、みんなはまだいる。あの男の子だけは、もどってきていないけれど。

「そろそろおきあがれそう？」女の子がきいた。「しばらく時間がかかるのは知ってる。頭もくらくらすると思うよ。ルルのときが、いちばんひどかった。こんなに小さいから、きっと薬がききすぎたのね。しばらくは、ものすごく心配したんだ、マックもわたしも。ジョンも」

「ジョン、やさしかったんだよ」ルルと呼《よ》ばれた小さい子が言った。「ジョンが行っちゃったとき、あたし、いっぱい泣《な》いたよね、タニヤ？」

「そうだったね」タニヤがこたえた。

ぼくはひじをついて体をおこした。部屋《へや》がぐるぐるまわっているように見えた。よろよろ立ちあがると、大きいほうの女の子が横に来て、椅子《いす》にこしかけるのを手伝《てつだ》ってくれた。ビロードかなにかの、大きくてゆったりした椅子だった。そばのテーブルには、白いかさのかかった電気スタンドがおいてある。犬がぼくのひざにとび乗ってきた。すると、小さな女の子がしかりつけた。「だめだよ、ピッピ。その子、まだ元気になってないんだから」

「だいじょうぶだよ」犬のぬくもりとひざにかかる重みが、ぼくには心地《ここち》よかった。なにもかもがへんてこな中で、犬だけがふつうに思える。急に、恐怖心《きょうふしん》がわきおこった。ここでは、なにかたいへんなことがおこっている。なにかおそろしいことが。

「名前、なんていうの？」ルルがきいた。

「カイル」ぼくはこたえた。「カイル・ウィルソン」

大きいほうの女の子がうなずいた。「わたしなんか、最初《さいしょ》は自分の名前も思い出せなかったのよ。思い出せるってことは、だいじょうぶな証拠《しょうこ》じゃないかな。わたし、タニヤっていうの」

「タニヤ」ぼくはくりかえして言った。「あの洗面器《せんめんき》にぜんぶ受けてくれて、ありがとう」

タニヤはぼくを見おろして、にっこり笑《わら》った。「いいのよ」

この子がタニヤ。出ていった背《せ》の高い男の子は、マック。ピンクの服を着た、小さな女の子はルルで、あの犬がピッピ。でも、みんな何者なんだ？

あまり急いで目を動かさないよう、ぼくは慎重《しんちょう》に、部屋《へや》の中をぐるっと見まわした。頭と首から下とが、ちゃんとつながっていないみたいな感じだ。

ここは、リビングルームだ。黒っぽい色の木の床《ゆか》に、明るい感じの青と赤の、毛足の長い敷物《しきもの》がしいてある。手作りなのかもしれない。これほど大きくはなかったけれど、ルースおばさんもこんなのを作っていた。壁《かべ》は三面がきれいな淡《あわ》い黄色に、一面は深みのある濃《こ》い青にぬられている。室内には、青いソファーに椅子《いす》が三つに、本が一冊《さつ》も入っていない本箱、そして、脚《あし》に彫刻《ちょうこく》がしてある黒っぽい木製《もくせい》のテーブル。ぜんぶで六つある背もたれの高い椅子は、赤と青のつづれ織《おり》の布張《ぬのば》りだ。でも、なにかが足りない。それがなんなのか、ぼくはしばらくしてようやく気づいた。窓《まど》がひとつもないのだ。四方には、のっぺりした壁があるだけ。おまけに、ドアはひとつしかない。家の中の廊下《ろうか》につうじるドアだろう。

みんなは、じっとぼくのことを見ている。ぼくは、どんなにびくびくしているかを見ぬかれたくないと思った。

耳をさすってやったら、ピッピはうれしそうに身をくねらせて、ぼくにすりよってきた。

「いったいどうなってるの?」ぼくはきいた。「ぼくをここへつれてきたおばさんは、どこ?

なにがしたいの、あのひと? ぼくに針《はり》をつきさして——」

「ミセス・シェパードのことでしょ」そう言うなり、ルルは親指を口にくわえた。

「あのひとは、ここには入ってこられないの」タニヤがつけくわえた。

ルルが親指を口から出した。「どうしてかというと、あたしたちはラムキンで、おばさんはラムキンじゃないから」ルルはぼくに言った。「でも、おにいちゃんはここにいてもいいんだよ。

もうラムキンなんだから」

3

タニヤがコップに水を入れてもって

きてくれたので、ぼくは話をはじめる前に少し飲んだ。手がふるえて、水がシャツにこぼれた。わからないことがあまりにも多すぎる。ピッピがひょいとぼくのひざからおりて、ルルのほうに走っていった。ルルがピッピをだきあげた。

「雄犬《おすいぬ》？　なんて種類《しゅるい》なの？」疑問《ぎもん》に思っていることは山ほどあるのに、そんなあたりまえのことしかきけなかった。

「ううん、女の子だよ。フォックステリアで、チャンピオン犬なの。チャンピオンだってわかるように、名前の前に〝チャンプ〟をつけてもいいってミセス・シェパードが言ってた。そしたらチャンプ・ピッピね」

ぼくはコップをおいた。そして「ねえ、だれか説明《せつめい》してくれない？」とたずねた。「ぼくたち、ここにとじこめられているの……？　あのおばさんは……」ぼくはちょっとためらった。「みんなは誘拐《ゆうかい》されてきたの……？　ってことは……」ぼくはそこでまた少し思案《しあん》してから、最後《さいご》のひとことを口に出した。「ぼくも？」われながら、なんてへんてこりんな質問《しつもん》だろうと思った。

「ジョンもね」タニヤが言った。「カイルは、ジョンの身がわりじゃないかな。わたしたちも、きっとだれかがつれてこられると思ってたんだ。あのひとって、四が好《す》きだから」

「身がわり？」

「寝室《しんしつ》が四つあるから」タニヤはつけくわえた。まるで、それですべてが説明できたかのような口ぶりだ。「たぶん、ジョンとおなじ白人の男の子が来るだろうって話もしてたんだよね。シェパードのおばさんって、バランスよくまざってるのが好きなの。なんでも理屈《りくつ》で考えるのよ。チョコレートだって、おんなじ味のものばっかり入ってる箱はぜったいに買わないんだって」

ぼくは椅子《いす》のひじかけにつかまって立ちあがった。

「ぼくはこんなところはいやだね。あのおばさん、いかれてるよ。じゃあね――ドア、どこ？」

ぼくは目のくらむような色の敷物《しきもの》の向《む》こう側《がわ》へと、もつれる足で歩きかけた。そして、たおれた。おきあがろうとしても、またたおれてしまう。だめだ。まだ体がいうことをきかない。

「あわてない、あわてない」マックがようやくもどってきたみたいだ。でも、顔が二重にぼやけて見える。「ドアなんかないよ」マックはきっぱりと言った。

こみあげる涙《なみだ》を、ぼくはぐっと押《お》しもどした。「でも、そんなことできるわけが――」

「あるのよ」タニヤが言った。

大きく息を吸《す》いこんでひざをかかえると、ぼくはみんなを見あげた。こんどはどの顔もちゃんとひとつに見えたので、ほっとした。おなかの底《そこ》から、恐怖《きょうふ》がこみあげてくる。また吐《は》いてしまうかもしれない。ぼくはいっしょうけんめい、気持ちをほかのことに向けた。

マックはアジア系《けい》。タニヤは黒人。ルルは？

「ルルはラテン系なの」ぼくの心の中が読めたかのように、タニヤが言った。「ほんとうの名前はループ。ループ・サンチェス」

ルルはうなずいた。「あたしはルルが好《す》き。ルルのほうがかわいいもん」

「さっきの、ラムキンだからって、どういう意味？　ラムキンってなに？」ここは落ちつかなくては。このなぞがとけないことには、なにもはじまらない。

マックが肩《かた》をすくめた。「あのひとがおれたちにつけた呼《よ》び名《な》。シェパードは羊飼《ひつじか》いって意味だから、おれたちはラムキン、つまり小羊ちゃんなんだって」

タニヤは目玉をくるりとまわしてみせた。

「あのひと、乱暴《らんぼう》するの、みんなに？　ぼくらに？」迫力《はくりょく》のない、ぎくしゃくした言いかたになってしまった。ぼくもニュースで見たことがある。子どもが誘拐《ゆうかい》されて――

「ぜーんぜん！　ミセス・シェパードは、そんなことぜったいしないよ。あたしたちのこと、大《だい》好《す》きなんだから」ルルはそわそわと部屋《へや》の中を見まわして、ささやいた。「あたしも、ちょっとだけ好きなんだ。でも、こわい。だって、すっごくおっきいんだもん」

ぼくを車のトランクに押《お》しこんだあのおばさんが、そんなに大きかったとは思えないけど。

「あの、すげえ赤毛のおばさんのこと言ってるの？」

ルルはうんうんと二回うなずいた。「まっかっかだよね。ママの髪《かみ》はきれいなんだよ。それに、ママはふつうの大きさだし」ルルの下くちびるが、わなわなふるえた。「おうちに帰りたい」

「よしよし、いい子いい子。だいじょうぶ」タニヤはルルのほっぺたをなでた。「大好きなんでしょ、わたしたちのこと。マックとわたしのこと」

「うん。ピッピのことも大好きだよ」

なんとかこのやりとりについていこうと、ぼくの頭はフル回転していた。

「今、何時？」ぼくはタニヤにきいた。

タニヤは腕《うで》時計に目をやった。「六時十分」

「えっ？」ぼくは立ちあがった。こんどはたおれなかったけれど、すぐまた椅子《いす》にこしかけた。

すわっていないとだめだ。「何曜日?」

「水曜日」マックがこたえた。

「だけど——あのおばさんがぼくを誘拐《ゆうかい》したのは火曜日だよ」

「知ってる。でも、一日くらいかかるみたいなの」

「なにに? 正気《しょうき》をとりもどすのにってこと? でも……おばさん、いったいなにがしたいんだ?」

「そう」マックは眉《まゆ》をつりあげてみせた。「そこなんだよ、百万回考えてもわからないのは。こたえも百万とおりあるんじゃないかな」

椅子《いす》の上には、太い糸で〝ホーム・スイート・ホーム〟と刺繍《ししゅう》したクッションがおいてある。ぼくはピッピがいなくなって冷《ひ》えてきたひざの上に、そのクッションをのせた。

「ミセス・シェパードには子どもがいないから、あたしたちが子どもになるんだ」ルルが言った。

「ずーっと、子どもさえいたらほかにはなんにもいらないって、思ってたんだって」ルルはピッピの頭にキスをした。「犬も飼《か》いたかったのに、飼わせてもらえなかったみたい。家族に一匹《ぴき》は、犬がいなきゃだめなんだって言ってた。あたしたち、家族なんだ。でも、みんなここがきらいなの」

「大っきらい。そうじゃないひともいるけどね」タニヤはマックをにらみつけた。マックは顔をそむけた。

事情《じじょう》をのみこもうと、ぼくは必死《ひっし》だった。「でも……ちょっと待って。ぼくたちはもう子どもじゃないよね。ルルは、まあそうだけど……」タニヤとマックに向かって、ぼくは言った。「ぼくたち三人はちがうでしょ」

「あのおばさんにとっちゃ、みんな子ども」敷物《しきもの》の上にあぐらをかいているマックが言った。そのとき、ぼくはふと思い出した。

「わかった！」ぼくは言った。「だれかと思ったら、マクナマラ・チャンだ！　バレイ高校野球部のピッチャーでしょ。エースだったんだよね。行方《ゆくえ》不明になって、みんながさがしまわってた！　あのときは、どこへ行ってもみんなその話ばっかりしてたよ。《タイムズ》新聞にまで、大きくとりあげられてた」だんだん、こまかいことがよみがえってきた。太い活字の、こんな見出しも。


エースピッチャー、マクナマラ・チャン　きのうから行方知れず

「ジョギングしてたんだよね」ぼくはゆっくりと言った。「どこかの山道まで、車で行って。車は発見されたのに――」

「おれは見つからなかった」マックが言った。「ミセス・シェパードの車のタイヤが、あの日もパンクしちゃったもんでね」

ぼくの心臓《しんぞう》は、ばくばく音をたてていた。「でも、あれは何カ月も前のことじゃない！」

「そうだよ」マックはこたえた。

タニヤが、マックの向《む》かい側《がわ》にすわりこんだ。

「九カ月前よ。わたしはここに来て七カ月。ルルは四カ月」

「ピッピも四カ月だよ」ルルがつけくわえた。「ちゃーんとカレンダーに書いてあるんだよね」

ぼくはわなわなふるえていた。また、頭がくらくらしてきた。

「どういうことなんだか――」ぼくが言いかけると、タニヤがひとさし指を口にあてた。「しーっ！　あのひとが来た。カイルのこと、夕食につれてあがるのよ」

「はぁ？」

頭の上のほうで、ごそごそと物音がした。みんな天井《てんじょう》を見あげた。きっと屋根裏部屋《やねうらべや》があるんだ、とぼくは思った。

ピッピがワンワンほえだした。

ルルはまた親指を口にくわえている。

壁《かべ》がゆれはじめた。部屋がかたむいて、またもとにもどった。ぼくは椅子《いす》のひじかけをぎゅっとつかんだ。地震《じしん》か？

とそのとき……ぼくには自分の目が信《しん》じられなかった。天井《てんじょう》がもちあがったのだ。まるで箱のふたがはずれるみたいに。見ると、恐竜《きょうりゅう》みたいにどでかい頭が、部屋《へや》の上をほとんどぜんぶふさいでいる。女のひとの頭だ。髪《かみ》が燃《も》えるように赤い。顔には、はまりこんでしまいそうなくらい深いしわと、道路の穴《あな》ぼこみたいに大きな毛穴。ふたつならんだ黒い洞窟《どうくつ》は、鼻の穴だ。イヤリングは金色のわっかで、ぶらんこになりそうなくらい大きい。ジャスミンのにおいがぷんぷんする。

ミセス・シェパードだ！　でも、おそろしくて不気味《ぶきみ》な大女に変身《へんしん》している。

「ラムキンたち」そのひとは呼《よ》びかけた。「もうみんな、新しいきょうだいとはご対面《たいめん》ずみね？　カイル・ウィルソンっていうのよ」

だれひとり、返事をしない。おなかがおかしくなってきた。ぼくは、またもどしてしまわないように、両腕《りょううで》でぎゅっとおなかをおさえた。ちょうどそのとき、巨大《きょだい》な手が上からかぶさってきた。

ぼくは椅子《いす》にちぢこまると、〝ホーム・スイート・ホーム〟のクッションを顔の前にもってきて、かくれようとした。まだ薬がきれていないんだろうか？　ぼくは気が狂《くる》いかけているんだろうか？

手が近づいてくる。手袋《てぶくろ》をはめた指が、しっかりとぼくをつかんだ。そして、まるで人形みたいにぼくのことをもちあげた。天井《てんじょう》のあったところをぬけたかと思うと、ぼくはミセス・シェパードの目の前にいた。ものすごく大きな目が、じっとこっちを見ている。

「こんにちは、かわいい新入りラムキンちゃん」ひびきわたるような大きな声がした。「さあ、ママのところへいらっしゃい！」

4

上へ上へ上へ上へ。ぼくはどんどん

もちあげられていく。まるで、安全ベルトなしで遊園地のジェットコースターに乗っているみたいだ。びゅんびゅんあがっていくぼくの体を、あのひとの手ががっしりつかんでいる。ぼくは手《て》袋《ぶくろ》につつまれた巨大《きょだい》な親指にしがみついた。こんどはなにをしようっていうんだ？　わっ、たいへんだ！　わきの下にはさまれてしまった。セーターがあたってちくちくする。なにかぶつぶつ言っているみたいだけれど、ぼくには真横でかみなりが鳴りひびいているようにしか聞こえない。また、あのジャスミンのにおいがぷんぷんする。顔が胸《むね》のふくらみに押《お》しつぶされそうだ。ミセス・シェパードは平たい屋根を軽々ともちあげてもとどおりにかぶせると、まわりについている巨大《きょだい》なとめ金をぱちんぱちんととめていった。

「はい、おしまい」ミセス・シェパードは言った。「これでよし」

ヒュッと風を切る音が聞こえるほどのいきおいで、ぼくはまた、でっかい手の中にもどされた。こんどは階段《かいだん》をあがっていく。とてつもなく高くて、はばの広い階段だ。一段ごとにはしごをかけないことには、ぼくにはとてものぼれそうにない。一段あがるごとに、おなかの中身がとびはねるような感じがする。ぼくは下を見た。細いヒールの真っ赤な靴《くつ》をはいた足が見えた。首をまわしてみると、壁材《かべざい》が少しはがれおちていて、そのかけらが壁にへばりついている。どれもみな、雪合戦《ゆきがっせん》のときの雪玉なみに大きい。

階段のいちばん上まで来た。

ミセス・シェパードはぼくをにぎりしめている手をおろして、腕《うで》をふりながら歩きだした。こっちは遊園地にまいもどった気分だ。こんどは、ふりこみたいに行ったり来たりする、あの乗り物か。気持ちが悪くなって、ぼくはまた吐《は》いてしまった。出るものはもうほとんど出きっていたから、たいしたことはなかった。でも、見おろすとげろのあとが点々とついている。ミセス・シェパードは最初《さいしょ》、気がついていないみたいだった。気づいたときも「あらら！　ごめんね、カイル」と言って、ぼくを縦《たて》にまっすぐにぎりなおしただけだった。

「さあ、ついたわよ」ミセス・シェパードは言った。「ここまでは、ちょっときつかったかしらね」

ぼくは敷物《しきもの》の上におろされた。

「席につく前に、靴《くつ》だけぬいでもらっていい？　テーブルにきたない足あとがついちゃうから」

ぼくは靴をひっぱった。かんたんにぬげた。靴ひもがなくなっていたから。

「ありがとう」

ミセス・シェパードはぼくをもちあげて、ぴかぴかに磨《みが》きあげられた台の上においた。ぼくはふらふらとよろけて、どすんとしりもちをついた。ものすごく大きなテーブルの上だった。真ん中には、ヒナギクの花がいっぱい入ったプラスチックの浅《あさ》い花びんがおいてある。どの花もぼくの背丈《せたけ》より大きい。ぼくは立ちあがった。どこからか、音楽が流れてきている。『コルトレーン・プレイズ・ザ・ブルース』の中の曲だ。この曲は知っている。おかあさんのCDなんだけど、ぼくも画廊《がろう》で絵をかいているときにジャズを聞くのが好《す》きで、よくかけている。まさか、ミセス・シェパードがもってきたんだろうか？

あれこれ考えてみてもさっぱりわけがわからない。ぼくはあたりをぐるっと見まわした。テーブルの一方のはじに、ふちにふさ飾《かざ》りのついた巨大《きょだい》な緑色のランチョンマットがおいてある。ぼくのすぐ横には、黒っぽい木製《もくせい》の小さなテーブルがもうひとつ。大きいほうのテーブルとそっくりだ。その上には小さなランチョンマット。これもふさ飾りつきで、色は緑。どちらのテーブルもすぐ食事ができるように、バラの絵柄《えがら》のついた白い浅皿《あさざら》と深皿がならべてある。小さいほうの皿はプラスチック製《せい》だ。プラスチックのグラスにプラスチックのナイフ。フォークとスプーンもある。もうひとつの皿は、まるでお盆《ぼん》みたいにでかい。グラスなんか、おふろとして入れちゃうくらいだ。

ミセス・シェパードが小さなテーブルの前の椅子《いす》を指さした。どうやらそこがぼくの席《せき》になるみたいだ。「さあ、おかけなさい、カイル」

ぼくはこしかけた。脚《あし》ががくがくしていたので、すわれてほっとした。

ミセス・シェパードは革手袋《かわてぶくろ》をはずしてランチョンマットのわきにおくと、ぼくのほうに身を乗りだした。「ちょっといやな思いをさせてしまうけど、ごめんね。はじめていっしょにお食事をするんだから、わたしだってせっかくのいい雰囲気《ふんいき》を台なしにしたくはないのよ。でも、しかたがないの」ミセス・シェパードは手になにかもっている。ひと目見て、ぼくはむちだと思った。鳥肌《とりはだ》がたった。でも、ちがった。

「このひもで、あなたをテーブルの脚につないでおかなくちゃいけないの」と言って、ミセス・シェパードは身をかがめた。ぼくはむちのような革ひもが足首に巻《ま》きつけられるのを感じた。ミセス・シェパードが体をおこして、背《せ》すじをのばした。大きな顔が赤くほてっている。「じつはね、前に一度、ジョンと楽しくおしゃべりしながら食事をしていたとき、逃《に》げられそうになったことがあるの。あぶないところだったわ。だからもう、いやでもこうするしかないと思って」

「ジョンはどうなったの？」口の中がかわいて、ざらざらしてきた。

ミセス・シェパードはおでこをなでさすった。「それが、だめだったの。とんでもない……事《じ》故《こ》がおこっちゃって。わたし、もう胸《むね》がつぶれそうだった。ほんとに残念《ざんねん》だわ、あなたにジョンを紹介《しょうかい》できなくて。ジョンがなつかしい。あの子って、すごく話じょうずでね。そういうところが気に入っていたのに。でも、まあ――」おばさんは両手を広げてみせた。「――もしジョンがまだここにいたら、あなたはいないわけだし。家の中がひとでいっぱいなのって、わたし、あんまり好《す》きじゃないの。子どものころ、ものすごく家族が多くてね。自分だけのお部屋《へや》がほしくてたまらなかった」ミセス・シェパードは遠い目をして宙《ちゅう》を見つめた。「でも、ジョンがいないのはほんとにさびしい。あの子、チェスの腕前《うでまえ》もそうとうなものだったのよ。コマを動かすのは楽じゃなかったみたいだけど。わたしたち、いいライバルだった」ミセス・シェパードは、まじまじとぼくを見つめた。大きな目は真剣《しんけん》そのものだ。「わたしの調査《ちょうさ》では、あなたがチェスをするというような情報《じょうほう》は見つからなかったけど？」質問《しつもん》をしているようだ。

ぼくは蚊《か》の鳴くような声で「しないよ」とこたえた。じっと見つめられて、ぼくは催眠術《さいみんじゅつ》にかかったみたいになっていた。目ざまし時計サイズの大きな目。チクタクと針《はり》の動く音が、今にも聞こえてきそうだ。ジョン・コルトレーンの曲は『ブルース・トゥー・エルヴィン』になっている。なにもかもがあまりに奇妙《きみょう》きてれつで、もしかすると、ものすごくリアルなおそろしい悪夢《あくむ》を見てるだけじゃないかと、ぼくはずっと考えていた。このおばさん、誘拐《ゆうかい》する前にぼくのあとをつけまわして〝調査《ちょうさ》〟してたんだ。まるでストーカーだ。でも、なんで？

「そうだ！」ミセス・シェパードはにっと笑《わら》った。奥《おく》のほうで金歯がきらりと光った。金色の墓《はか》石《いし》みたいだ。「わたしがおしえてあげるわ。マクナマラも素質《そしつ》があると思うんだけど、そんな時間はないって言うのよ。むりもないわね。あんなにうちこんでるんじゃ」

「なににうちこんでるの？」ぼくは水に少し口をつけた。コップに歯があたって、かちゃかちゃ音がした。

「もう夢中《むちゅう》なのよ」ミセス・シェパードは返事をぼやかした。「でも、文句《もんく》は言えないわ。だって、マックを選《えら》んだ理由のひとつはそこにあるんですもの。そりゃ、タニヤだっているわよ。でもあの子ったら、わたしのことをものすごく怒《おこ》っていて、ふくれっつらでチェスボードに向かってつっ立っているだけ。じつはけっこう無礼《ぶれい》な子なのよ」

ぼくの脳《のう》みそは、もはや麻痺状態《まひじょうたい》だった。なにからなにまで、なぞだらけだ。

ミセス・シェパードはまたにっこり笑って、墓石みたいな金歯をちらりと見せた。「さ、暗い話はもうやめましょ。それより、足はだいじょうぶ？　ひも、きつすぎない？」

ぼくは首を横にふった。そして、しまったと思った。まだ頭をふるとくらくらする。ぼくはおばさんのほうに目を向けた。ごっつい笑顔《えがお》。時計みたいにでかい目。チクタク、チクタク。

「なんで――なんでぼくを誘拐《ゆうかい》したの？」ぼくはたずねた。「わけわかんないよ」

「誘拐なんかしてないわ！　ばかなこと考えないで！　さあ、食べましょ。あなたのために作ったのよ、お肉たっぷりのスープ。わたしのラムキンちゃんたちはみんな、はじめてのお食事のときは食欲《しょくよく》がないみたいなんだけどね」

ミセス・シェパードは二枚《まい》の深皿を手にとると、カウンターのほうに向かった。そのあいだに、ぼくは部屋《へや》じゅうをじろじろ見まわした。テーブルを囲《かこ》んでいる椅子《いす》の高い背《せ》もたれ部分は、赤と青のつづれ織《おり》だ。ぼくが目をさましたあの部屋の椅子と、まったくおんなじ。ただし、サイズはミセス・シェパードなみの巨人用《きょじんよう》。あの部屋にあるのとそっくりの毛足の長い敷物《しきもの》もある。巨大だという点をのぞけば、なにもかもそっくり……ただ、ここには窓《まど》があって、青いビロードの長いカーテンがかかっている。部屋の一角にはチェスのセットをおいた低《ひく》いテーブル。そのすぐわきの床《ゆか》には、黒い楽器ケース。コントラバスでも入っていそうなくらい大きい。

ぼくはカウンターのほうをふりかえった。山のようにでかいふたつきの深皿に、パンがのった大きな平皿。それにもうひとつ、なにかがおいてある。ぼくはまた鳥肌《とりはだ》がたった。虫とり網《あみ》じゃないか！　それも、突進《とっしん》してくる水牛がつかまえられるくらいのジャンボサイズの。なんのための網かなんて、考えるだけやぼだ。そんなの、きまってる。この網が、自由をもとめて逃《に》げるジョンをつかまえたんだろうか？　これですくいあげられて、ジョンは必死《ひっし》にもがいたんだろうか？　〝事故《じこ》〟とかいうのは、そのあとでおこったんだろうか？　そういえば、ミセス・シェパードはさっき、事故という言葉を口にする前に少しためらっていた。ぼくは椅子《いす》の上で身をちぢめた。

ミセス・シェパードは大きさのちがうふたつのスープ皿を落とさないように、両手でバランスをとりながらもどってきた。

「けっこう技《わざ》がいるのよ、これって」上きげんでそう言いながら、ミセス・シェパードは小さいほうのスープ皿をぼくの前においた。たちのぼるにおいに、ぼくはおなかがよじれそうになった。ミセス・シェパードはカウンターの大皿のほうにもどっていって、でっかいフォークでパンのかたまりをすくいあげると、バラの花もようがついたぼくの皿にのっけた。それから、ぼくにおおいかぶさるようにして、ていねいにパンをふつうの厚《あつ》みにスライスしはじめた。ジャスミンの香《こう》水《すい》が牛肉のスープのにおいとまじりあって、くさいったらない。ぼくはごくりとつばをのんだ。

「パンは手作りなのよ」ミセス・シェパードは言った。「自分で言うのもなんだけど、お料理《りょうり》の腕《うで》には自信《じしん》あるの。楽しみにしてて、これからもおいしいものをごちそうするから。材料《ざいりょう》も新鮮《しんせん》でヘルシーなものばかりよ。まがいものはいっさいなし」

太い指の動きはスムーズとは言えないけれど、手ぎわはいい。ミラおばさんが三歳《さい》のいとこのトッドに食べさせるときみたいに、パンを切っている。そういえば先週の日曜日は、ミラおばさん、ゲリーおじさんとトッド、おかあさんとぼくのみんなで食事をしたっけ。思い出しただけで、涙《なみだ》がこみあげてきた。ついこのあいだの日曜日のことだ。おかあさん、今ごろ半狂乱《はんきょうらん》じゃないかな。ぼくが帰ってこなくて。いったいどこへ行ってしまったんだろうって、友だちみんなに電話したんだろうな。絵画教室にも。警察《けいさつ》にも。ぼくの自転車とリュックは、もう見つかっているにちがいない。このおばさんがもってきていなかったらの話だけど。《タイムズ》新聞にものってるぞ。マクナマラ・チャンの失踪《しっそう》事件《じけん》みたいに、一面の記事にはならないだろうけど。ぼくはマックみたいに有名人じゃないからな。「母ひとり子ひとりの家庭。両親はカイル君がわずか二歳《さい》のときに離婚《りこん》」なんて、ひたすら痛《いた》ましい記事にするんだろうな。新聞はいつもそうだ。おかあさんはもう胸《むね》がはりさけそうになってる。きっとそうだ。おかあさんのことを考えるとやりきれない。ますますみじめになってしまう。

「はい!」用意ができると、ミセス・シェパードは言った。「塩《しお》とこしょうはなくていいでしょ? 前はテーブルにおいていたんだけど、残念《ざんねん》なことに、あなたの仲間のひとりが、一度、わたしの顔にこしょうを投げつけようとしたことがあってね。やろうとしただけで終わっちゃったんだけど。それ以来《いらい》、目が見えなくなるより味がなくなるほうがよっぽどましだと思うことにしたのよ」ミセス・シェパードは自分で自分の言った冗談《じょうだん》に笑《わら》った。

ぼくは椅子《いす》をうしろに押《お》してさっと立ちあがると、猛《もう》ダッシュで大きなテーブルのはじっこをめざした。コップがひっくり返った。こぼれた水で足がすべったとたん、足首のひもにぐいとひっぱられて、いきなり動けなくなった。そして、テーブルのへりから頭がだらんとたれるかっこうになった。ものすごい高さだ。二階《かいだ》建ての家の屋根に立ったら、こんな感じかもしれない。赤いハイヒールをはいた足が片方《かたほう》見えた。もう一方の靴《くつ》はぬぎすてられて、横向きにころがっている。ぼくのテーブルはぴくりとも動かなかった。重い木でできたテーブルは、まるで根のはえた樫《かし》の大木みたいにびくともせず、ぼくをひっぱっているのだ。

「**立ちなさい！**」ミセス・シェパードは怒《いか》りに身をふるわせた。それから、大きく息を吸《す》いこむと、やさしい笑《え》みをうかべた。声も急にあまったるくなっている。「ほら、いい子だから」と言いながら、手をさしのべて、ぼくが立ちあがるのを手伝《てつだ》ってくれた。「逃《に》げられっこないわよ。あきらめるのね、カイル。悪いことは言わないわ。そのほうがずっと気が楽ってもんよ。さあ、すわりなおして、おいしいスープを味わったら？」

5

ミセス・シェパードはぺちゃくちゃ

しゃべっている。ぼくはなるべく話に耳をかたむけるようにしていた。

ぼくがスープ皿を押《お》しのけると、ミセス・シェパードはデザートのプリンをテーブルにもってきた。「これ、とってもあっさりしているのよ。材料《ざいりょう》はたまごと牛乳《ぎゅうにゅう》だけ。少し食べてごらんなさい、カイル。元気が出るから」

ミセス・シェパードは自分のをひと口食べた。「わたしがあなたやほかの子たちをいったいどうしたいのか、不思議《ふしぎ》でしかたがないでしょ。それはね……」

くちびるに少しついたプリンをなめるのに出てきた大きな舌《した》に、ぼくは思わずじっと見入《みい》ってしまった。「夫《おっと》のマグナスが亡《な》くなって、わたし、どうしようもなくさみしかったの。マグナスって、ほんとに頭のいいひとだったのよ。それはそれはやさしくてね、いっしょにいるとすごく楽しかった。親友だったわ。わたしのたったひとりの友だち。おたがいにそうだったの。もしかすると、名前を聞いたことがあるんじゃない？　マグナス・クローナー・シェパード博士《はかせ》っていうんだけど」

ぼくは首を横にふった。

「まあ、そうね。若いひとたちは新聞の科学関係《かんけい》の記事や死亡欄《しぼうらん》なんて、あんまり読まないものね。《ロサンゼルス・タイムズ》新聞にのった追悼《ついとう》記事は、ほんとにすばらしかった」まぶたから涙《なみだ》がこぼれそうになっている。ぼくはうんと深く椅子《いす》にこしかけなおした。あんなものが落ちてきたら、びしょぬれになってしまう。

「もうべたぼめなの」ミセス・シェパードはナプキンで涙をぬぐった。「でも、ほめられたからって、わたしにはなんの足しにもならないのよね。マグナスはノーベル賞《しょう》を受賞して当然《とうぜん》だったのよ。どの科学関係の学会も、みんなそう言ってた。でも、ま……しょせん、委員会なんてね」ミセス・シェパードはナプキンをねじって、そこにじっと目を落とした。「すばらしい才能《さいのう》。あのひとにできないことなんか、なにもなかった。亡くなる前にマグナスが遺伝学《いでんがく》で発見したことなんて、まさに奇跡《きせき》よ。世界じゅうの注目をあびていたにちがいないわ」ミセス・シェパードはため息をついた。「でも、今はあなたがいる。マクナマラやタニヤだって。タニヤはなんだかちょっと、はずれだったような気がするけど。それに、あの小さくてかわいいルルもいる。ピッピもね」

ミセス・シェパードは急に明るい声になった。「いらないの？　じゃあ、もっていってあとで食べるといいわ」

ぼくは、プリンを見つめた。上には茶色の小さなつぶつぶがちらばっている。たぶん、シナモンだろう。そういえばおかあさんもよく、こんなふうにシナモンをふりかけた昔ふうのライスプディングを作ってたっけ。大声で泣《な》きわめきたい気分だ。コルトレーンの曲が部屋《へや》じゅうにひびきわたっている。

「これ、ぼくのおかあさんのＣＤ？」

「わたし、ラムキンたちにはいつもハッピーでいてほしいの。だから、あなたの好《す》きな音楽もいっしょにもってきたのよ」ミセス・シェパードはぼくにほほえみかけた。「もちろん、リュックごとね。中にＣＤプレーヤーが入ってたわ」

「自転車も、もってきたの？」

「ええ、そうよ。いつも、なにも残《のこ》さないようにしてるの。そういうことは、よーく気をつけておかないとね」

スプーンでプリンをすくいながら、ミセス・シェパードはつづけた。「マクナマラは今、ヒップホップ音楽がお気に入りなのよ。だからあの子と食事するときは、わたしもがまんして聞いているの」ミセス・シェパードは顔をしかめた。「タニヤは例《れい》によって、好《す》きともきらいとも言わないの。でも、あの子の心を動かすものはわかってる。あの子、わたしがいやみでバイオリン音楽を流すんだと思いこんでいるみたいだけど、ちがうのよ。わたしはぜったい、そんなことしない」

ミセス・シェパードは椅子《いす》を引いた。「どうする？　みんなのところにもどる前に、家の中をちょっと見ていく？」

ぼくはなにもこたえなかった。なにひとつ現実《げんじつ》のできごとだと思えないというのに、どうやってふつうに会話をしろっていうんだ。こっちは巨人《きょじん》と話をしたことなんて一度もないんだぞ。ミセス・シェパードはかがんでテーブルの脚《あし》からひもをほどいた。でも、ぼくの足首の側《がわ》はそのままにして、軽くにぎっている。「悪いわね、こんなのつけたままで。でもねえ、わたしはひとを信用《しんよう》しすぎてしまうのよ。ジョンの事故《じこ》だって、けっきょくはそれがもとでおこったのよね。注意不足だった。だれも知らないでしょうけど、わたし、あれは自分の責任《せきにん》だと思ってるのよ。あの子――」ミセス・シェパードは言いかけてやめた。「ジョンの話はまたこんどにしましょ」

ぼくは、赤いハイヒールをはいた足の横におろされた。「見てのとおり、ここがダイニング。

家具はみんなマグナスの手作りなの。大工仕事が趣味《しゅみ》でね。あなたたちのおうちも、なにからなにまでぜんぶマグナスが作ったのよ」そこでしばらくだまり、ミセス・シェパードはサイドテーブルにおいてあるなにかの向きをととのえた。ぼくはふりむいて首をのばした。貝がらだ。あんなでかい貝がら、見たことがない。「あのひとが死ぬ一週間前に、デイナポイントの海岸でいっしょに拾ったの。ばかみたいって思うかもしれないけどね、これを耳にあてると、マグナスが話しかけてくるのがときどき聞こえるような気がするの」

「なんて言って?」ぼくはかすれ声でたずねた。

「くじけるなよって。したいことをして、自分の人生を大切にするんだよって。だから、言われたとおりにしてるわけ」ミセス・シェパードは貝がらを足もとにおろした。「ほら。太平洋の波の音が聞こえるわよ」二、三歩あとずさりをするぼくを見て、ミセス・シェパードは笑《わら》った。この貝なら、中に入りこんで、そのまま出てこられなくなってしまいそうだ。こんな大きなもの、いったいどうやって見つけたんだろう?　ぼくは頭がふらふらしてきた。

「聞きたくないの?」ミセス・シェパードは言った。

なにか、がつんと勇《いさ》ましい言葉を返してやりたかった。でも、ぼくには強さも勇気《ゆうき》もない。しかたがないから、だまって首を横にふった。

「わかった。それなら次に行きましょ」ミセス・シェパードは貝がらをなでながらテーブルにもどした。

「もう気がついているかもしれないけど、マグナスはあなたの家を、わたしたちの家とそっくりに作りあげたのよ」

「やめろよ、ぼくの家だなんて」よーし、いいぞ。今のだったら、それなりに迫力《はくりょく》がある。「ぼくはチャッツワースのエルム通りに住んでるんだから」ぼくは言ってやった。「おかあさんといっしょに、アパートに。うちのおかあさんは……」がつんと勇《いさ》ましく言ってやれ。と思ったけど、それどころかわんわん大泣《おおな》きしてしまいそうだ。ぼくはひもがのびるところまでさがった。といってもたいした距離《きょり》じゃない。今までぴんとこなかった〝拘束《こうそく》する〟という言葉の意味が、はじめてのみこめた。ぼくは身をよじったりもがいたりしてみた。

ミセス・シェパードはつぶやくように言った。「落ちついて、カイル。ほら、ひっぱらないでちょうだい」まるであばれまわる犬か馬をなだめるような口ぶりだ。ミセス・シェパードがひもを手にもったままじっと見ている前で、ぼくはひとりじたばたしていた。額《ひたい》に玉の汗《あせ》がふきだしてくる。ぼくははあはあ息を切らしながら、足を広げて立ちつくした。

「ねえ、カイル」ミセス・シェパードは静《しず》かに言った。「きょうのところは、このへんにしましょうか。家の中をぜんぶ案内《あんない》して、マグナスがどんなにすごかったか見せてあげようと思ってたんだけど。でも、子ども部屋《べや》だけは見ていってちょうだい。きっと、気に入るわよ」

ミセス・シェパードは、ぼくをつれていくというより、ひきずるようなかっこうで、廊下《ろうか》を進んだ。歩く気力《きりょく》すらおこらなくて、ぼくはフローリングの床《ゆか》をずるずるすべっていった。前に一度、犬を飼《か》ったことがある。ネリーという名前で、散歩《さんぽ》中に疲《つか》れたときや機嫌《きげん》をそこねたときには、いつもすわりこんでしまう犬だった。ぼくもそのまねをしたいところだ。でも、またもちはこばれたんじゃたまらない。ネリーはいつもだっこしてもらうと大よろこびだったけれど、ぼくはそんなのはごめんだ。

床のすみにたまったほこりで、くしゃみが出た。見ると、ふわふわしたほこりが二センチほど積《つ》もっている。ぼくたちが通りすぎると、あたりがちょっとした砂嵐《すなあらし》みたいになった。

「ゴッド・ブレス・ユー」ミセス・シェパードは、ひとがくしゃみをしたときのおまじないを言った。

ぼくたちは白いペンキをぬったドアの前で立ちどまった。ずっと上のほうを見ていくと、ドア一面に月や星や虹《にじ》がえがかれていることがわかった。ガラス製《せい》のドアノブがきらきら光っている。これが子ども部屋《べや》か？

ミセス・シェパードがドアをあけた。

「見て。あなたたちが来るまでは、この子たちがわたしのお気に入りだったの！」

部屋にはばかでかい人形が四つおいてあった。ひとつはパーティードレス姿《すがた》の女の子。もうひとつは白のテニスウエアに身をつつんで、ラケットをもった女の子。笑顔《えがお》がわざとらしい。男の子の人形は革《かわ》のズボンとブーツをはいているのと、半ズボンにストライプのTシャツを着たのがひとつずつ。

ミセス・シェパードは目をかがやかせて、ぼくを見おろした。そして、「どう、カイル？」と言って指さした。「これがベッツィーで、こっちはブリトニー。色の黒い子はビクター、半ズボンをはいているのがブライアン。みんな、すてきでしょ？」

なにか言おうにも、言葉が出ない。ぼくはぼう然《ぜん》となった。人形はみんなものすごくでかい。ぼくとおなじくらいある。

「これ――これ、マグナスがおばさんのために作ってくれたの？」ぼくはやっと、小声で言った。もう、なんでもありじゃないか。そんな気がした。

「まさか」ミセス・シェパードはかがみこんで、ひっくりかえったベッツィーをおこした。「でも家はマグナスが作ったのよ、この子たちのために。ほら、今あなたたちがいる家ね。だけど、マグナスがいなくなって、ひとりきりになったら、この子たちじゃもの足りなくって。生きてるみたい、っていうんじゃなくて、ちゃんと生きてるお人形がどうしてもほしくなったの。ほんとうの子どもが」

「生きている人形？」声がうわずった。

「だから、この子たちには出ていってもらって、あなたたちにあけわたすことにしたの」ミセス・シェパードは得意《とくい》げに言った。わたしってかしこいでしょう、と言わんばかりだ。

ぼくはふらふらしてきた。

ミセス・シェパードが目を落とした。「あらまあ、かわいそうなラムキンちゃん。なにもかもいっぺんに理解《りかい》しろったってむりよね。じゃ、そろそろおうちに帰りましょう」

ミセス・シェパードはぼくをつまみあげた。

「こんなにくたくたになるまで、ごめんね。あなたがわたしの……わたしたちの家族の一員になってくれたのが、あんまりうれしいもんだから、つい」

月と星のドアをそっとしめると、ミセス・シェパードはまたゆったりとした足どりで、廊下《ろうか》をあともどりした。そのあいだもおしゃべりはやまない。ずっとしゃべっている。

「これだけは言っておくわ、カイル、こわがることなんかなんにもないのよ。わたしはぜったいに、あなたのことも、ほかのかわいいラムキンたちのことも傷《きず》つけたりしないから。だって、みんなのこと愛《あい》してるのよ。今はもう、あなたたち四人が生きがいなの。いい子にさえしていれば、ここで幸せに暮《く》らせるわ。それとね、カイル……」ミセス・シェパードはしゃべるのをやめて、ぼくをもちあげた。顔と顔がくっつきそうになった。ミセス・シェパードのくちびるは真っ赤な色でふちどられているが、その内側《うちがわ》は口紅《くちべに》がはげてしまってナメクジみたいに白い。「それとね、カイル。お部屋《へや》にもどったら、あっとおどろくようないいものが、あなたのこと待ちうけてるわよ」ぼくの体をぎゅっとにぎった。たぶん愛情表現《あいじょうひょうげん》のつもりなんだろう。もう少しであばらが折《お》れるところだった。

「そんなことないでしょ」ぼくはぼそっと言った。「うれしくて、とびあがっちゃうんじゃない」

テーブルにはぼくのプリンがそのまま残《のこ》っていた。表面がからからにかわいてしまっていて、気持ち悪い。

「これ、もっていく?」とミセス・シェパードがきいた。ぼくは首を横にふった。

ミセス・シェパードは床《ゆか》から靴《くつ》を拾いあげて、ぼくにわたした。そして、ひとりではけるように、テーブルのはじっこにぼくをすわらせた。ぼくの指は、なかなか思うように動かなかった。

ミセス・シェパードが手袋《てぶくろ》をはめて、ぼくをもちあげた。

「さ、行くわよ」そっと声をかけると、ミセス・シェパードはぼくを家にはこんでいった。

6

ぼくは階段《かいだん》を下へ下へとはこばれて

いく。もうあたりは暗い。ミセス・シェパードがスイッチを入れると、ぼんやりした黄色の照明《しょうめい》がついて、行く先が見えた。どうやら地下室に向かっているらしい。こんどはまっすぐ縦《たて》になってにぎられているのに、それでもやっぱり胸《むね》がむかむかする。ミセス・シェパードが一段おりるごとにがくんがくんと急降下《きゅうこうか》して、まるで飛行機《ひこうき》がエアーポケットに入ったときみたいだ。おなかの中身がはねまわっている。

家のそばまで来ると、ぼくは真上から見おろした。どこにでもある一階建《だ》ての家だ。電球の明かりが、白い壁《かべ》に黄色い陰気《いんき》な光を投げかけている。煙突《えんとつ》はない。家の前に芝生《しばふ》もない。木もない。街灯《がいとう》の柱はてっぺんがアーチ形《がた》に曲がっていて、ゆるやかな傾斜《けいしゃ》の屋根におおいかぶさっている。家の中から、生活のにおいはまったくしない。それもそのはず。この家には窓《まど》もなければ、ドアもないのだ。

ミセス・シェパードは街灯のてっぺんに手をのばして、ぱちんとスイッチを入れた。あたりがぱあっと明るくなった。

「このほうがいいわね」ミセス・シェパードは言った。

ぼくは手をあげてまぶしさをさえぎろうとした。でも、右の手も左の手もミセス・シェパードのにぎりこぶしの中では、どうすることもできない。この目のくらむような白い光は、たぶんハロゲンランプだろう。

どこにも影《かげ》ができていない。

ミセス・シェパードは平たい屋根を軽くノックすると、片手《かたて》でとめ金をはずして、屋根をもちあげた。

家の中が見えた。鳥になって見おろしているみたいだ。サーチライトで照《て》らされているみたいに、すみずみまで明るい。

「こんばんは、ラムキンちゃんたち」ミセス・シェパードが上きげんで声をかけた。ほんの数秒のあいだ、ぼくは三人と一匹《ぴき》を見ていた。タニヤはひざの上にルルをだいて、ソファーにすわっている。ふたりは顔を上に向けた。その横で寝《ね》そべっていたピッピが頭をあげて、怒《おこ》ったような声で二回ほえた。それから、しっぽをふって、またもとの姿勢《しせい》で寝《ね》てしまった。マックはべつの部屋《へや》で、背中《せなか》を丸めてテーブルだか机《つくえ》だかに向かっている。

ひゅっと音がしたかと思うと、ぼくは敷物《しきもの》の上に立たされていた。あっというまに、高みの見物はおしまいだ。

足がよろける。自分のいる場所もわからない。ぼくは目をこすった。

頭の上でミセス・シェパードの声がした。「タニヤ？　朝までにいるものは、もうなんにもない？」

タニヤは顔をあげようともしない。ひとことなにか言ったのが、ないという返事のかわりみたいだ。

「ルルちゃん、お夕食どうだった？　わたしが作ったおいしいスープとサラダ、タニヤにもらった？」

ルルはミセス・シェパードを見あげてうなずいた。「スープはおいしかった。プリンも食べたよ、みんなで」

「よかったわねえ。牛乳《ぎゅうにゅう》も飲んだ？」

「うん。マックがね、プリンのお顔を作ってくれたんだ、きのうのチェリーで。おもしろーいお顔」

「まあ、そうなの。マクナマラってやさしいのね」

ぼくはやっとの思いで上に目をやった。またしても、どでかい顔が天井《てんじょう》部分をふさいでいる。うしろから照明《しょうめい》があたって、ただでさえ異様《いよう》な赤さの髪《かみ》がますます赤く見えた。

「マクナマラ？」ミセス・シェパードはマックに声をかけた。「きょうはたくさん書けた？」

「だいぶ書けました」マックはこたえた。「快調《かいちょう》です」

ミセス・シェパードの声ははればれとしていた。「そうそう、そうこなくっちゃ。それじゃ、おやすみなさい。またあしたね」

どさっというにぶい音がして、屋根がかぶさってきた。ぼくはとめ金をかける音の数をかぞえた。十回だ。階段《かいだん》をのぼる赤いハイヒールが、コツコツ鳴っている。やがてあたりはしんと静《しず》かになった。

「お水、あげようか？」タニヤが言った。

ぼくはうなずいて、大きな椅子《いす》にどさりとすわりこんだ。両わきとあばら骨《ぼね》のあたりがずきずきする。頭もがんがん痛《いた》い。

ルルが来て、ぼくの前に立った。また親指を口にくわえている。どこにいたのか、マックもあらわれた。そのときはじめて、マックの目が明るくすみきった青色だということに気づいた。顔がアジア系《けい》なので、ちぐはぐな感じがする。

「だいじょうぶか?」マックがきいた。

「だと思うけど」ぼくは言った。「なにがなんだか、さっぱりわからないんだ。なんだか、現実《げんじつ》と夢《ゆめ》の区別《くべつ》がつかないみたいで」

タニヤが水をもってもどってきた。「なにもかも現実。ほんとうよ」

みんな、ぼくが水を飲むのをじっと見ている。水はなまぬるくて、いやなにおいがする。でも、ありがたい。

「ねえ、だれか説明《せつめい》してくれない?」ぼくは言った。

マックが敷物《しきもの》にこしをおろした。ルルもそばにすわった。「あのひとから、どこまで聞いた?」

「さあ。ほとんどマグナスのことばっかり。マグナスがどうやってこの家を作ったか、とか」

「だれよりえらいマグナス」タニヤがにくにくしげに言った。「なにもかも、みんなマグナスのせいよ」

「いや、公平に言えば、マグナスは自分のおくさんがこんなことをするとは思ってなかった」マックが言った。

タニヤは肩《かた》をすくめた。

ぼくは深く息を吸《す》いこんだ。「まだよくわからないな。つまり、マグナスは科学者だったから、巨人《きょじん》に変身《へんしん》する方法《ほうほう》をおくさんにおしえたってこと？」

タニヤはマックの顔を見てからこたえた。「すっかりかんちがいしちゃってるわね、カイル。マグナスがおくさんを巨人に変身させたんじゃないの。おくさんがわたしたちのことをちぢめたのよ」

「どういうこと？」ぼくはまっすぐすわりなおして、みんなの顔を順《じゅん》に見つめた。

「ミセス・シェパード、あたしたちを小人さんにしたの」ルルが言った。「あたしたち、うんとうんとうーんとちっちゃいんだよ。たぶん、世界一ちっちゃいよ」

「あのひとは、〝ちぢめる〟っていう言葉は好《す》きじゃない」マックが言った。「下品《げひん》な言葉だと思ってる」

「そう。ミセス・シェパードって下品なのはがまんできないの」タニヤがつけくわえた。「だから〝減量《げんりょう》する〟って言葉を使うのよ。でなかったら〝補正《ほせい》する〟。〝わたしがあなたを補正する前は〟なんていうふうにね」タニヤはおもしろおかしくミセス・シェパードの口まねをした。

「まさか。ぼくたち、もとのままじゃない。ほら、こうして――」

「もとのままなんかじゃないんだ」マックが静《しず》かな口調《くちょう》で言った。「ここでみんないっしょにいるときは、もとのままに思えるけどね。ここから出て、ミセス・シェパードの家にいるときは、めちゃくちゃ小さい。もし現実《げんじつ》の世界にいたら……」マックは両手を広げてみせた。

「ぼくはミセス・シェパードが巨人《きょじん》用のでっかい家に住んでいるんだと思ってた。それで、ぼくたちは……」言葉がなかなか出てこない。「ぼくたちはふつうの人間の大きさだと思ってた」

「今はもうふつうじゃない」

「あのひとはわたしたちを誘拐《ゆうかい》して、あつかいやすいサイズにしちゃったの。わたしたちをペットにしてるのよ」

「でも、なんで？　そんなの、おかしいじゃないか。ありえないよ」

「ミセス・シェパードはあたしたちのことが大好《だいす》きだから」ルルがこたえた。「言ったでしょ。ミセス・シェパードはあたしたちがよろこぶんだったら、なんでもしてくれるんだって。みんなが悪いことしたときだけは、こわいひとになっちゃうけど」ルルは一度口に入れた親指を出して、こう言った。「だけど、あたしは悪いことなんかしたことないんだよ。ね、タニヤ？」

タニヤはうなずいた。「そうね」

「ミセス・シェパードはね、シャーリー・テンプルになれるようにおしえてくれてるの」ルルはつけくわえた。「シャーリー・テンプルって知ってる、カイル？」

ぼくはうなずいた。でも、むかしの天才子役のシャーリー・テンプルが、このこととどういう関係《かんけい》があるんだろう？

「あのシェパードっておばさんはいかれてるの。ただそれだけよ」タニヤが言った。

ぼくは立ちあがった。まだひざががくがくする。ぼくはビロードの椅子《いす》の背《せ》につかまった。頭がおかしくなってきた。こんなこと、ありえない。ぼくは自分の手をじっと見た。おんなじだ。ふつうの手の大きさだし、どこも今までと変《か》わらない。でも、さっきのことを思い出した。そういえば、なんだかへんだと思うことがいろいろあった。ディナポイントの砂浜《すなはま》で見つけたという貝がら。あんな大きさの貝がらは、ディナポイントの砂浜にはない。でも、あれがもしふつうの大きさの貝がらで、見ているぼくのほうが小さいんだとしたら？　ぼくはぞっとした。貝がらの中に入ってしまうほど小さな人間だなんて。

それから、あの巨大《きょだい》な人形。

「あのひと、ぼくに人形を見せてくれた」ようやくぼくは言った。「あんな大きな人形、どこで買ったんだろうって思ったんだよ」

「そうそう、お人形。あのひと、わたしたちを集める前はお人形を集めてたの」タニヤはあきれかえったようすで白目をむいてみせた。「だから言ったでしょ、もう完全に頭がおかしいんだって。でもまあ、そのおかげでわたしたち、着るものには困《こま》らないんだけどね。まさかと思うだろうけど、ドールハウスのお人形ってけっこういい服もってるのよ」

「でも、ぼくたちまたもとの大きさにもどるんだろ？」ぼくはすがるような気持ちだった。なんとかみんなに「あたりまえだろ」と言ってほしかった。

「もどらない。あのひとがいるかぎり」タニヤが言った。「毎週、注射《ちゅうしゃ》されるの。あのひとはビタミン注射だって言ってるけど、もうみんなわかってる。あれは、わたしたちをこの大きさにしておくための注射。ちょっと台所に来て。どうしてわかったか、見せてあげる」

ぼくはタニヤのあとについていった。廊下《ろうか》の先にあるドアを入ったところがダイニングルームだった。ミセス・シェパードの家とまるでおなじだ。

「そっくりにできてるんだな――」ぼくは言いかけた。

タニヤがふりむいた。そして、「でしょ」と言いながらぱちんと電灯《でんとう》のスイッチを入れた。

マックとルルもうしろからついてきている。ぼくたちはダイニングルームから台所に入っていった。ピッピがソファーからとびおりて、しっぽをふりながらぼくたちを追いかけてくる。

「だめ、ピッピ。まだ晩《ばん》ごはんの時間じゃないの。さっき食べたばっかでしょ」そう言ってしかりつけると、ルルはピッピをだきあげた。ぼくはじっとピッピを見つめた。この犬も〝補正《ほせい》された〟んだろうか？

台所にはとびらのついていない食器棚《しょっきだな》があって、プラスチックの食器がいっぱいつまっていた。ぼくがその食器をながめているのに気づいて、マックが言った。「人形用のティーセット。最近《さいきん》はもう、ありとあらゆるものがドールハウス用に作られてるみたいだな」

「ずっと前からそうよ」タニヤが言った。「わたし、おぼえてるもん」

「ということは、ぼくたちドールハウスに住んでるの？」狂《くる》ったみたいに声が高くなっていく。

ぼくはその声を、こんこんせきをしてごまかした。

「そう。ふつうのより大きめのドールハウス。マグナスがおくさんのお人形のために作ったの」

タニヤが言った。「わたしたちは、そのお人形サイズってわけ。ドールハウスには寝室《しんしつ》が四つ。

『四人のお人形のために、寝室は四つよ。子どもにだってプライバシーってものがないとね』

タニヤはまた、ミセス・シェパードの口まねをした。ぞっとするほどよく似《に》ていた。

ぼくはこんろと冷蔵庫《れいぞうこ》と流しを見て、指さした。「みんな人形用？」

タニヤがうなずいた。「動かない。最初《さいしょ》は動いたのよ。だれよりえらいマグナスは、そのくらいお手のものだったみたい。ついこのあいだまで、家じゅうの電気製品《せいひん》が使えたんだけどね。もうだめなの」

ぼくはマックがつけた電気スタンドのほうをちらっと見た。

「乾電池《かんでんち》」ぼくがまだなにもきいていないのに、マックはこたえた。「おれたちは信用《しんよう》できないってことになっちまって」

見ると、こんろの奥《おく》の壁《かべ》に黒く焼《や》けこげたところがある。ぼくはそこを指さした。

「そう」タニヤが言った。「ジョンとわたし、マックの紙を一枚《まい》もらって、火事をおこそうとしたの。でも、煙《けむり》で気づかれちゃった。それともにおいかな」

「ミセス・シェパード、すごーく怒《おこ》ったんだよ！」ルルが声をひそめて言った。「おうちをがったんがったんゆらして。こんなふうに」ルルは前後左右にゆれてみせた。ピッピも腕《うで》の中でゆれている。

「その次の日、電気は切られちゃったの」タニヤは言った。「もちろん、あのひとはそんなことしたくないのよ。わたしたちが気持ちよく生活できるようにしておきたいんだから。だけど、わたしたちが気に入らないことをすると、おしおきされるの」タニヤはどさりと壁《かべ》にもたれかかった。「たまに、なにひとつされないこともある。そうすると、こっちはなにがおこるのかわからなくて、はらはらしっぱなしでしょ。そこがねらいなんだよね、あのひとの」

「とりあえず、おれの紙がとりあげられなくてよかったよ」マックが言いそえた。

タニヤはあきれ顔で目を白黒させた。「なにがよかったんだか」

「おれにとっちゃ大事なんだよ」マックがかみつくように言った。

「火事になったときね」ルルが話をつづけた。「ものすごい煙が出たんだ」ルルはピッピをおろしてから、両腕《りょううで》を大きく広げて、もくもくと煙があがるかっこうをしてみせた。「ミセス・シェパードが上から見て、大きな赤い消火器《しょうかき》もってきて、ぎゅぎゅってやったら、プシューっていってね」ルルはほっぺたをふくらませた。「それで、火が消えたんだ。すごくあぶなかったって言ってたよ、ミセス・シェパード。火事になったら、出口がないからみんな焼《や》け死んじゃうんだって」

「おれたちが焼け死んだんじゃ、意味ないじゃん」マックが小さくつぶやいた。

「あのひとがあわてふためいて、全員いっぺんにつかみあげるのをねらってたの。そういうこと、ふだんはぜったいにしないのよ。みんないっせいに、別々《べつべつ》の方向へ逃《に》げたら、うまくいくかもしれないじゃない」

「ちょっと危険《きけん》な感じがするけど」ぼくはつぶやいた。

タニヤは眉《まゆ》をつりあげた。「しばらくここにいるとね、どんな大きな危険をおかしてでも、って気になるの。今にわかるよ」

マックが話に入ってこないことに、ぼくは気づいていた。タニヤとマックの考えがちがうのは一目瞭然《いちもくりょうぜん》だ。マックは危険をおかすだけむだだと思っている。

「火をつけるっていうのはジョンの計画だったの」タニヤが言った。「ジョンはすごかった。どんなことでもすぐやってみる子だったのよ」

「それがどんな結果《けっか》をまねいたか、見てみろよ」マックが言った。

「マックはだまってて」タニヤがつっけんどんに言った。

マックは首をふって、つぶやいた。「おれはただ事実を言っただけだよ」

いったいどうなっているんだろう？　ぼくは首をかしげた。マックは年上だ。ほんとうだったら、マックがリーダーでなくちゃいけないのに。

「とにかく、ぼくはこんなとこにいるわけにいかない」ぼくは言った。「ドールハウスでずっと暮《く》らすなんて、ぜったいにいやだ。ねえマック、なにかできないの……」急に声がうわずって、ぼくは口をつぐんだ。

みんな、だまりこくっている。マックは顔をそむけた。

ルルがピッピをだきあげて、そっとゆすった。「ジョン、かわいそうな病気だったの。ジョンが死んだとき、お葬式《そうしき》をしたんだよ。すてきだった。ミセス・シェパードがジョンの歌を聞かせてくれて」

タニヤが台所のカウンターに身を乗りだすようにして、もう一度ぼくのコップに水を入れた。水道の蛇口《じゃぐち》から水がぽたぽた落ちた。

「だれよりえらいマグナス」タニヤは言った。「でも、出るのは冷《つめ》たいお水だけ。熱《あっ》いシャワーなんてとんでもない」

「シャワーもあるの？」

「氷水みたいなのが出る」マックが言った。

タニヤはドアのところまで歩いていった。柱にしるしがついていた。

「これなの、見せたかったのは。わたしたちの身長。これがわたしの。もともとわたしは百五十五センチなのね。これがジョンの。前は百七十七センチだったって言ってた。こっちがマックで、百八十二センチ。これはルル。九十二センチ」

「ピッピのはうんと下のほうだよ」ルルが口をはさんだ。

タニヤはにっこり笑《わら》った。「ほら、ちょっと見て。少し高いところにもしるしがついてるでしょ？　一センチくらい上に」

ぼくはうなずいた。

「注射《ちゅうしゃ》をするのが三日おくれたら、わたしたち、これだけ大きくなったの。ちょうどあのひとがカイルを誘拐《ゆうかい》しにいったときね」

あの日か！　ぼくははっきり思い出した。学校。数学の時間。テストを返してもらった。昼休み。ジェイソンといっしょにお昼を食べた。画廊《がろう》に行った。いつものようにショーウインドーの前で立ちどまった。また自分の絵を見ようと思って。ウインドーに自分の絵がはりだされているのを見ると、いつも感動してしまう。みんながこのウインドーをのぞいて、絵の話をしているのを知っているから。でも、ぼくの絵は消えてなくなっていた。ええっ、そんな！　どうしたんだ？　もしかしてぼくの傑作《けっさく》、もうおろされちゃったの？　中に入っていくと、リチャード先生がぼくのところにやってきた。それで、絵が売れたことがわかったんだ。

ぼくは、わなわなふるえていた。あれよあれよというまに、なんでこんなことになってしまったんだろう？

タニヤはまだ身長と注射《ちゅうしゃ》のことをしゃべっている。ぼくはいっしょうけんめい、その話に集中した。「どういうわけなんだか、カイルをつれてくるのには思ったより手間《てま》がかかって、ミセス・シェパード、予定の時間に帰ってこられなかったの。だから、いつもなら土曜日の注射が次の火曜日になったわけ。つまり、きのうね」

「それって――それって、注射をされなかったらまた大きくなるってこと？」

「それも急に」タニヤがつけくわえた。「三日でこれだけよ！」親指とひとさし指を一センチぐらい広げてみせる。「この調子でいくと、注射をやめたら五カ月か六カ月でふつうの大きさの人間にもどれることになる」

「それじゃ」ぼくは切りだした。「あのひとに注射をやめさせることができたら――」

「そういうこと」タニヤが言った。「問題は、どうやってやめさせるかなのよ」

「なにか方法《ほうほう》があるはずだ」ぼくは少し気持ちが楽になった。可能性《かのうせい》はある。

「カイルにあんまり期待をもたせるなよ、タニヤ」マックが言った。

タニヤは冷《ひ》ややかにマックをにらみつけた。「それよりカイル、ちょっとここに立ってみてくれない？　身長、はかっとこうよ」

ぼくは柱に背中《せなか》をつけて立った。タニヤがひきだしからプラスチックのナイフをもってきて、しるしをつけた。

ぼくの身長はジョンとタニヤの中間あたりだった。

「ぼくたち、今はどれくらいの大きさなの？」声がふるえた。

「コーラのびんを想像《そうぞう》してみて。だいたい、そんなもんよ」タニヤはこたえた。「ジャンボサイズのびんじゃないからね」

ぼくは自分の背丈《せたけ》のしるしをじっと見た。内心、ものすごくうろたえていた。

ぼくはもう、れっきとしたコーラびんサイズのラムキンなのだ。

7

タニヤとルルが、ドールハウスの中

をひとどおり案内《あんない》してくれた。仕事にもどるとかなんとかぶつぶつ言いながら、マックは急いで出ていった。

「がんばって」タニヤがそっけなく言った。「朝から時間のむだづかいばっかりだったもんね」

「マックって、なにしてるの?」ぼくには想像《そうぞう》もつかなかった。外に出られないというのに、することなんてあるんだろうか? もしかして家事? それとも趣味《しゅみ》?

「本を書いてるの」ルルが言った。「あたしがミセス・シェパードに読んでもらうみたいな本じゃないんだよ。もっともっと大きい本」ルルがいきおいよくうなずくと、黒い巻《ま》き毛《げ》がぴょこぴょこはねた。「マックって、ほんとに書くのが好《す》きなんだ」

「ほとんど病気」タニヤは小さく身ぶるいしてみせた。「自分が書いてる小説以外《しょうせついがい》のことはどうでもいいんだから」〝小説〟という言葉に力をこめてそう言ってから、あわててつけくわえた。

「ごめん！　いけないよね、こんな意地悪言っちゃ。わかってはいるんだけど……」声が途中《とちゅう》でとぎれてしまった。

ぼくはちょっと考えた。「マックはラッキーなのかもしれないね。いい逃《に》げ道《みち》があるから、なんとかやっていけるんじゃないの」

タニヤはぼくに鋭《するど》い視《し》線《せん》を投げかけた。「ほかのみんなの逃げ道にはならないじゃない」

「でもマックは年上だし、みんなより長くここにいる。きっと、なにか解決法《かいけつほう》を見つけてるよ」

「そんなことない。カイルはマックがどういう子だか知らないのよ」タニヤはつづけた。「じゃ、家の中見せてあげる。なんだかんだ言っても、だれよりえらいマグナス、けっこうじょうずに作ってるんだ。うすぎたないゴミためみたいなところで生活しなくていいのは、ありがたいよね。マックの部屋《へや》はとばしましょ。じゃまが入るといやがるから。マックってほんとにどうかしてる！　ただでも毎日空想《くうそう》の世界にいるみたいなのに」

ぼくはみんなについて廊下《ろうか》を歩いていった。タニヤがドアをあけた。よく見ると、家の中にはいっぱいドアがある。ないのは外につうじるドアだけだ。

「ここがあたしのお部屋《へや》」ルルが得意《とくい》そうに言った。「このぬいぐるみ、ぜんぶあたしのなんだよ。おサルさんでしょ、それからワニさん、うさちゃん……」ルルはひとつずつ手にとってみせた。ほとんどみんな、ルルにぴったりのサイズだ。ミセス・シェパードはきっと、おもちゃ屋というおもちゃ屋をさがしまわって、超《ちょう》ミニサイズのを選《えら》びだしてきたのだろう。「かわいい孫《まご》にあげたいの」と、にこにこ顔の店員に言ったりして。ぼくは鳥肌《とりはだ》がたつのを感じた。

ルルのベッドには、ぼろぼろの赤いベストを着てよれよれの黒いズボンをはいた、大きなテディベアがおいてあった。ベッド全体をおおうほどのジャンボサイズだ。ピッピがぬいぐるみの横にぴょんととび乗ると、ぐるっとそのまわりをまわって、くんくんにおいをかいでからとびおりた。

「あたしのクマさん」ルルが言った。

「ルル、誘拐《ゆうかい》されたときに落っことしちゃったの。だから、シェパードのおばさんが車のトランクにほうりこんだんだけどね」タニヤが説明《せつめい》した。「これだけをべつにちぢめるのはむりだったわけ。体にくっついているものしか小さくできないのよ。着ている服とかね」

「ミセス・シェパードが、ここにいてもいいって言ってくれたんだ。クマさんはずーっと前からあたしのお友だちなんだもん」ルルはクマのぬいぐるみをひきずりおろそうとした。両腕《りょううで》をまわしても、ひとりではかかえきれない。

「ほら、ルルちゃん。手伝《てつだ》ってあげる」反対側《はんたいがわ》からタニヤが手をのばした。タニヤに助けられて、ルルはしばらくのあいだクマさんにだきついていた。どう見たって、クマさんのほうがルルより大きい。

「赤ちゃんのときから、クマさんとはずっといっしょなんだよ」ルルはぼくに言った。「あたしがよろこぶようにって、ミセス・シェパードがつれてきてくれたの」

ぼくはうなずいた。「よかったね、ルル、クマさんといっしょにいられて」残念《ざんねん》！　携帯電話《けいたい》をズボンのポケットに入れておけばよかった。でも、あのときは携帯もCDもリュックの中だった。ということは、CDと同様、ミセス・シェパードがもっているということだ。あのひとがもってる！　なんとかそのそばまで行けないだろうか。マックは期待しないほうがいいと言っていたけれど、なにか希望《きぼう》がないことには気が狂《くる》ってしまう。

ぼくたちはタニヤの部屋《へや》にやってきた。今どきふうの部屋だ。ベッドカバーはぱっと明るくて、床《ゆか》には特大《とくだい》のクッションがちらばっている。ほんとうはたぶん、みんなふつうのサイズ、というより、小さめサイズなんだろう。ぼくはまともにものが考えられなくなっていた。大きいとか小さいとか、頭がうまく切りかわらないのだ。ミセス・シェパードが巨人《きょじん》でぼくたちがふつうの大きさだったら、まだよかったんじゃないかな？　そのほうがずっとましだ。人形みたいなミニサイズじゃ、望《のぞ》みなしじゃないか。

るって言ってた」

「わすれてたけど」ぼくは言った。「あのひと、なんだかびっくりするいいものがぼくを待って

「カイルって絵をかくのが大好《だいす》きなんでしょ」タニヤは言った。そして、ドアをあけた。「ほら、これがそのびっくりするいいものよ」

ぼくのだというその部屋《へや》にはシングルサイズのベッドがあった。人形サイズのベッドだ、とぼくは思った。そして、ぎゅっと目をつぶって頭をふった。こうなったら、ここがふつうの家で、ふつうの子どもが暮《く》らしているんだと思うしかない。これが、事故《じこ》にあってお葬式《そうしき》をすることになるまで、ジョンが暮らしていた部屋か？　子どもが四人で、部屋が四つ。ひとりいなくなると、ひとり入ってくる。ミセス・シェパードがそうしているのだ。

ぼくは赤いビロードふうのベッドカバーにぼんやりと目をやった。四方の壁《かべ》のうちのひとつにも、おなじような赤い色がぬってある。でも、それよりもっとぼくの目をひいたのは、その赤い壁に立てかけてある大きさも形もさまざまなカンバスだった。ひと目見ただけで、もうぜんぶ下ぬりがしてあるのがわかった。そばの机《つくえ》の上には、油絵の具のチューブがならんでいる。ものすごい大きさで、机の面がほとんど見えないくらいだ。部屋の入り口にいても、ラベルの文字が読めてしまう。絵筆の入ったびんもある。こんなサイズの絵筆、どこで買ってきたんだろう？　ぼく専用《せんよう》に、今のぼくのサイズにぴったりの大きさのを、自分で作ったにちがいない。プラスチッ

クのパレットと、絵の具をミックスするための棒もある。小さなびんに入った透明の液体は、リンシードオイルだろう。うちの、ぼくの部屋《へや》のすみっこにおいてある画材《がざい》なんかより、ここのほうがいろんなものがそろっている。絵画教室と変《か》わらないくらいだ。

ぼくは絵筆のそばまで歩いていった。いてもたってもいられなかった。絵筆を一本とりあげ、手にもってみて、つやつやしたなめらかな柄《え》の感触《かんしょく》をたしかめてから、指で毛先をなでた。心臓《しんぞう》がどきんどきん鳴りはじめた。ぼくは絵筆をにぎると、いつもこうなる。

「やっぱり」タニヤが言った。

ぼくはふりむいた。タニヤはアーモンドの形をした、とてもきれいな目をしている。でも、今はその目が石ころみたいに固《かた》くて冷《つめ》たい。「マックとおんなじね、カイルも。絵をかくことに夢《む》中《ちゅう》になっちゃって、ほかのことはどうでもよくなって、ここから出ようとも思わなくなっちゃうんだ。協《きょう》力《りょく》しようって気にもならなくなっちゃうんだわ。シェパードのおばさんって、どうしたらラムキンたちをよろこばせておけるかを、ちゃーんと知ってるんだよね」

ぼくは絵筆をびんにもどした。「それはぜったいにないよ」

また絵はかくつもりだ。でも、ここではかかない。まず、なんとかしてこんな悪夢《あくむ》のようなところから脱出《だっしゅつ》しないと。

ルルがくちびるをふるわせた。「ミセス・シェパードはやさしくしてくれるけど、でも、あた

し、ママに会いたい。パパにも会いたい。あたしのパパって世界一なんだよ。おうちに帰りたいな」

「わたしにはうちがないの。帰りたいと思えるようなうちはね」タニヤが言った。「でも、これだけははっきり言える。ここから出られたら、もう二度と泣《な》きごとは言わない」

「なにか方法《ほうほう》があるはずだ」ぼくは自分が寝《ね》ることになるベッドのはじにこしかけた。ベッドわきの壁《かべ》には、ペンキの色が変《か》わっているところがある。ポスターがはってあったんだろう。ちょうどそれくらいの大きさと形だ。いや、ちがう。ほんもののポスターだったら、壁《かべ》全体がかくれてしまう。ぼくは軽く頭をふった。いつまでたってもなじめそうにない。

「ジョン、そこに絵はがきをはってたの」タニヤが言った。「ミセス・シェパードの許可《きょか》をもらって。はずされちゃったけどね……あのあと」

「カルーソーっていう男のひとの写真だったんだ」ルルが言った。「有名な歌手。ジョンみたいに」

「へえ」ジョンは歌手だったのか。「なんの歌手だったの？」

「オペラ」タニヤが言った。「ジョンってどんな歌でもうたえたんだけど、オペラがいちばん好《す》きだったの。オペラ歌手になりたくて、その道に進もうとしていたところを、あのひとに……誘《ゆう》拐《かい》されたの。ジョン、オハイオのオバーリン音楽院の入試《にゅうし》にうかってたのよ。奨学金《しょうがくきん》ももらえることになっていたのに、それ以外《いがい》の必要《ひつよう》なお金をおとうさんとおかあさんが用意できなくて。でも、わたし、ジョンはそのうちきっと歌手になれてたと思う。ぜったいにまちがいない。で、シェパードのおばさんは当然《とうぜん》、ジョンは自分のところに来たほうがいいと思ったわけよ。ボイストレーナーをつけてあげようかしら、なんて言っちゃってさ」タニヤは鼻で笑《わら》った。「そんなことしたってぜったい口をひらくもんかって、ジョンは言ってた。だって、考えられる？　かわいそうに、またどこかのボイストレーナーがちぢめられるところだったのよ。おまけに、あのひとの大切なドールハウスが超満員《ちょうまんいん》になってしまってたわ」

「ジョン、ときどきピエロの歌うたってくれたんだよ」ルルがまじめくさった顔で言った。「でも悲しいピエロの歌だったの。ジョン、ときどき泣《な》いてたもん」

赤いベッドカバーは、洗《あら》いたてのやわらかくていいにおいがした。ぼくのおかあさんは、こういう生地《きじ》でできた部屋着《へやぎ》をもっている。いつも、朝食の用意をしているときに着ていた。それからふたりでいっしょに家を出ていくんだ。ぼくは胸《むね》がむかむかしてきた。「なにか方法《ほうほう》があるはずだよ」ぼくはおなじことを言った。

タニヤがピッピをだきあげた。「わたしたちだって、できることはみんなためしたわよ」

「注射《ちゅうしゃ》するのに針《はり》を使うだろ。なんとかその針を手に入れる方法を考えて――」

「へえ、どうやって？　わたしたちにとっちゃ、針はバトンなみの太さなのよ。おまけに、みんなひもでつながれてる。ジョンがあんなことして以来《いらい》、いつもつながれてる。それに、知ってるでしょ、あのひと、いつも手のとどくところに虫とり網《あみ》をおいてるの」

「その網を横どりできないかな。あのひとの頭にかぶせて、動けなくするんだ」

「それもやってみた」タニヤは言った。「ジョンにもあの網はもちあげられなかった。それに、あのひと、ぜったいひとりずつしか注射《ちゅうしゃ》しないのよ。というか、それ以外のときも、ぜったいふたりいっぺんにつれださないの」

「タニヤはミセス・シェパードにかみついたことあるんだよ」ルルが言った。「親指に。ミセス・シェパード、ぎゃーぎゃー泣《な》いてた」

タニヤはにやりと笑《わら》った。「あれだけはいい思い出。あのひと、泣き叫《さけ》んでわたしを落っことしたの。屋根の上に。ちょうど屋根をどける直前でね、わたし、猛《もう》ダッシュで屋根の上をぐるぐる走りまわってやった。あの大きな手が追いかけてきて、つかまえようとするから、こっちはぴょんぴょんとんで逃《に》げて。そりゃ、最後《さいご》にはつかまったわよ。だって、逃げるところがないんだもん。あのひと、ぼたぼた血を流してた。胸《むね》がすかっとしたな。でも、すみっこに追いつめられて、つまみあげられちゃった。それからなのよ、あのひとが手袋《てぶくろ》をするようになったのは。わたしたちがタカで、爪《つめ》でおそいかかるのをこわがってるみたいよね。ほんとうにタカみたいに鋭《するど》い爪があったら、わたし、ぜったいにあのひとのこと八《や》つ裂《ざ》きにしてると思う」

「タニヤにかまれたとこ、すっごく痛《いた》いって言ってたよ、ミセス・シェパード」ルルが言った。タニヤはうなずいた。「あのひと『こんなことされるなんて、いったいわたしがなにをしたのよ』なんてきいてた。あの頭のいかれたおばさんは、わたしたちに感謝《かんしゃ》されて当然《とうぜん》だと思っているんだから」

「で、あのひとに……なにかされたの、タニヤ？」ぼくはきいた。「おしおきみたいなこととか――」

ルルが目を大きく見ひらいた。「したよ。最初《さいしょ》はね、ぶつぶつぶつぶつぶつ言ってたの。あたしたちにも聞こえたんだ。あたし、あの怒《おこ》った声大っきらい。それから……」ルルはそこでちょっと口をつぐんだ。「それから、タニヤにかみついたの！」

「タニヤをかんだ！」ぼくの声はふるえた。

「そう」タニヤはTシャツのそでをまくりあげてみせた。「ほら、ここ」

見ると歯形がついている。痛そうな赤い点々が、肩《かた》のすぐ下にいくつか。

「わたしのことつかみあげて――」タニヤはかみつくまねをしてみせた。「がぶり。ラッキーだったわ、食《く》いちぎられなかっただけでも。腕《うで》がなくなるところだった。あのひと、こう言ったの。『あなたがかんだから、わたしもかむわよ』火がついたみたいに痛かった。毒《どく》でやられるかと思ったけど、ほら、もうよくなってきてるでしょ」

「ミセス・シェパード、タニヤにお薬とばんそうこうくれたんだ」ルルが言った。「そのあとはやさしかったんだよ。ね、タニヤ？」

「そう、気持ち悪いくらい」タニヤは言った。「まるでコブラみたい。攻撃《こうげき》して、そのあとはにこにこしてる」

目がひとりでにタニヤを通りこして、絵の具と筆とカンバスに吸《す》いよせられていく。むりやり顔をそむけると、タニヤがじっとこっちを見ている。ぼくはそそくさと立ちあがって、部屋《へや》の壁《かべ》をチェックしてまわった。角に来るたびに壁をさわったり、木の床《ゆか》にひざまずいたり、赤いベッドカバーのはじっこをつまみあげたりしてみた。

タニヤは肩《かた》を落として、そんなぼくをじっと見ている。「なにさがしてるの？　しかけとびら？　秘密《ひみつ》のぬけ穴《あな》の入り口？」

「トンネルをほるっていうのはどう？」ぼくはきいた。

「道具はプラスチックのナイフしかないのよ。ガラスのコップもないし。割《わ》って、その破片《はへん》を使わないようにね」

ぼくは天井《てんじょう》を見つめながら、考えていることを声に出して言った。「あのひとは石の階段《かいだん》をのぼったりおりたりする。階段のいちばん上に針金《はりがね》をはってころばせるっていうのは、どう？」

タニヤは大きく息を吸いこんだ。「それができたら言うことないんだけど。わたしだって、あのひとが階段《かいだん》を上から下までころげ落ちるのを見たいよ。だけどむり。カイルが思いつくようなことはもうみんな、わたしたちも考えたんだ。で、やってみた。ジョンとわたしはね」タニヤはピッピの首に顔をすりよせた。

「もうなにをしてもむだだっていうの？　ここで暮《く》らすしかないってこと？　ゾンビみたいに？」

「マックは、みんながいがいかまんまんしなくちゃいけないって言うんだ」ルルは、がまんのことを〝がまんまん〟と言った。「いつもめそめそしてるとかえってよくないから、なるべくふつうにしてたほうがいい。そしたらきっとチャンスが来るって」

「マックはここで平気なのよ」タニヤが言った。

「どういうこと？」声が高くなった。「なんでマックは平気でいられるの？」

「本を書いてるから。今だったら時間はたっぷりある。そういうことって、今まで一度もなかったの。だから夢中《むちゅう》なのよ。何時間でも何日でもぶっつづけで書いてる。一章書きあがったら、あのひとが聞いてくれるの、夕食にマックをつれてあがったときにね。あのひとは、楽しんでいるみたい。マック、わたしたちには読んでくれないんだ」

「なんの話なのかな？」

「一度、ジョンとわたしにおしえてくれたことがある。大昔のアイルランドの話だって。王さまだとか戦士《せんし》だとかドルイド僧《そう》だとか巨人《きょじん》だとかが出てくる。なんか、その手の話。巨人と戦《たたか》わなくちゃいけないのは、わたしたちだっていうのに！」

「妖精《ようせい》も出てくるんだ」ルルがつけくわえた。「でも、悪い妖精もまじってる」

「マックって、半分アイルランド人なの」タニヤが言った。ぼくは、マックの目が青いのを思い出した。

ぼくたちはだまりこんだ。

「ジョンはどうなったの？」しばらくしてぼくはきいた。

タニヤはちらっとルルのほうを見てからぼくの顔を見た。それで、今くわしいことをきいてはいけないんだということがわかった。あとにしよう。

「あたしたちを出してくれる、カイル？」ルルがささやくような声で言った。「あたし、ほんとにほんとにほんとにおうちに帰りたい」

それならマックにたのめばいいのに。きっと、もうたのんだんだろう。でも、なにもしてもらえなかった。だから、こんどはぼくにたよっているんだ。ルルはどんなにこわい思いをしているんだろう。

「ぼくが出してあげるからね」ぼくはルルの両手を自分の手でつつんで、そっとにぎった。「約《やく》束《そく》するよ」

8

その日の夜おそく、タニヤとマック

とぼくはルルをベッドにつれていって、片側《かたがわ》にピッピを、反対側にクマさんを寝《ね》かせた。ぼくたち三人はそれぞれ、ルルとピッピとクマさんにおやすみのキスをしなくてはいけなかった。クマさんがじっとぼくたちを見あげている。ガラスの目玉は、ピンポン玉みたいにでかい。前足はきちんと毛布《もうふ》の外に出してある。

「ねえ、タニヤ、お歌うたって」ルルが眠《ねむ》そうに言った。「あの、愛《あい》の歌」

「またこんどね、ルル」タニヤはルルの額《ひたい》にかかった黒い巻《ま》き毛《げ》を、そっと指ではらってやった。

「知ってるでしょ、わたし、歌はあんまり得意《とくい》じゃないの。ジョンとはちがうのよ」

「あたし、タニヤの歌好《す》きなんだもん」ルルは小さな声で言った。そして、ぼくを見あげてにっこりした。「カイルが来てくれてよかった」

ぼくはごくりとつばをのみこんだ。「ありがとう、ルル」

ぼくたち三人はしのび足でルルの部屋《へや》をあとにした。

「あの子、いまいちわかってないのよね」タニヤがぼくに言った。「ほんとは、カイルが来てくれてよかったなんて思っちゃいけないのに。だって、ここに来たってことは、カイルもわたしたちとおなじように、とんでもないことになっちゃったってことなんだから」

「永遠《えいえん》ってどういうことか、ルルはわかってないんだよ」マックがつけくわえた。

ぼくはじっとマックを見つめた。「ぼくにもわからないよ。マックはわかるの?」

ぼくたちはリビングルームにもどった。「ジュース飲みたいひと、いる?」タニヤがきいた。

「なまぬるいやつ」タニヤはぼくに向かって説明《せつめい》した。「シェパードのおばさん、毎朝冷《つめ》たいのをもってくるんだけど、この時間になるとあんまりおいしくない」

「慣《な》れたらどうってことないさ」マックが言った。

ぼくは肩《かた》をすくめた。くりかえして言うだけむだだ。さっきも言ったけど、ぼくは慣れちゃうほど長いあいだここにいるつもりはない。脱出《だっしゅつ》する手だてはかならずある。見つけてみせる。

「ジュースはいらない」ぼくは言った。

それからこうつづけた。「ルルが寝《ね》る前に、本を読んでやったりしないの？」ただ沈黙《ちんもく》をやぶりたくてきいただけだった。

タニヤはどすんとソファーにすわりこんだ。「なにを読めっていうの？　小さな本はあることはあるわよ。シェパードのおばさんが、わたしにってもってきたの。それでわたしの気持ちが落ちついて、いい子になるとでも思ったんじゃない。どういう本かわかるでしょ。『孔子《こうし》の名言《めいげん》』『女性《じょせい》のためのやすらぎへの手引き』ためしに読んであげたけど、ルルは興味《きょうみ》なさそうだった。わたしもあんまり興味ない。ときどき、おぼえている物語を聞かせてはいるのよ。ルルが、シェパードのおばさんに読んでもらったお話を、わたしたちにしてくれることもある」

「『がまくんとかえるくん』とか『ぼくにげちゃうよ』とか」マックも言った。「『ぼくにげちゃうよ』なんか、耳にたこができるくらい聞かされてる」

ぼくはタニヤのとなりにすわった。でも、マックはまだ立ったままだ。タニヤはせっけんのにおいがした。肌《はだ》は、クリームの入っていない濃《こ》くてにがいコーヒーの色をしている。

「さてと」マックは足ぶみをした。ぼくにはぴんときた。マックはもう飽《あ》きてきた。部屋《へや》にもどりたくてうずうずしているのだ。

「小説《しょうせつ》、書いてるんだってね」ぼくは言った。

マックはうれしそうに、にっと笑《わら》った。

「三部作なんだ」マックは言った。「もう、第二巻《かん》にとりかかってる」

マックは急に、ぱっと明るい顔になった。なんでこんなに満足《まんぞく》げなんだろう？　かんたんに〝永遠《えいえん》〟という言葉を受けいれてしまったんだろうか？

「どんな話なの、その三部作って？」

「歴史小説《れきししょうせつ》。事実にもとづいたファンタジイ」

「そんなのってあり？」

「なしかもね。でも、ここにいて、だれが文句《もんく》を言ってくる？」

「ファンタジイを夢中《むちゅう》で読んだことって、ないなあ」ぼくはマックに言った。「『指輪物語《ゆびわものがたり》』みたいなのでしょ。ホビットとかフロドなんかが出てくる。ああいう本、最後《さいご》まで読んだことないんだ、ぼく」

こんなところで『指輪物語』を話題にしてるなんて、信《しん》じられない。『指輪物語』のことだけでなく、自分がこんなふつうの会話をしているということじたい、うそみたいだった。

「ファンタジイなんてぜんぜん興味《きょうみ》ないってひとも大勢《おおぜい》いるけど」マックは言った。「好《す》きなひとも多いよ」

マックはまた笑顔《えがお》になった。小《こ》ばかにしている感じはなく、わかるよ、と言っているかのようだ。ぼくはそこではじめて、マックのことをじっくりと見た。のっぽでひょろひょろで、とても野球選手《せんしゅ》の体型《たいけい》ではない。そういえば、地元のスポーツ番組のアナウンサーはこんなふうに言っていた。「のっぽでやせ型《がた》の剛腕《ごうわん》ピッチャーなんて、だれも聞いたことないでしょう？　ところがみなさん、この選手だけは例外《れいがい》なんですねえ」たしかにそのとおりだ。ぼくはもう少しくわしくマックを観察《かんさつ》した。顔はのっぺりしていて、ほお骨《ぼね》の位置《いち》が高い。口は横に広くて、ゆったりとした曲線をえがいている。ちょろっとあごひげがはえているあたりは、どう見ても中国人だ。でも、目は青い。それに名前はマクナマラ。

「マックって、野球にしか興味《きょうみ》がないんだと思ってた」ぼくは言った。

マックの顔から笑《え》みが消えた。「好《す》きでやってたんじゃないよ」

「そうなんだ」

話がとぎれた。「さてと、じゃ、おれは第二巻《かん》の執筆《しっぴつ》にもどるとするか」マックは言った。

「そうすれば」タニヤが言った。

マックが行ってしまうと、ぼくとタニヤは気まずい静《しず》けさにつつまれた。

「タニヤ、いつもマックのこと怒《おこ》ってるの？」ぼくはたずねた。「マックが書くことに夢中《むちゅう》だから？」

「わたしはごますりだと思うの。書くのも、夕食のときに書いたものをあのひとの前で読むのも」タニヤは言った。「でも、あのひとはうれしくてたまらないのよ。で、マックの本をほめちぎる。だからマックは大よろこびでもどってくる。ジョンにはマックのそういうところが耐《た》えられなかったんだ」タニヤはそこでちょっとまをおいた。「カイルは画家でしょ。きっとカイルがかいた絵をほめて、はげましてくれるよ、あのひと。なにをかんちがいしてるんだか、あれで芸《げい》術《じゅつ》に貢献《こうけん》してるつもりなのよねぇ」

「ほんとうのこと言うと、ぼく、まだたいしたことないんだ。画家をめざしてるってだけで」ぼくは一瞬《いっしゅん》、絵が一枚《まい》売れたことを話そうかと思った。でも、やめた。

「あのひとは、カイルが画家になりたがってるのを知ってる。だから絵の具でつろうとしてるの。思い知らせてやりたいって本気で思ってるんだったら、絵の具になんか指一本ふれちゃだめよ。わたしなんか、なんにもしてやらなかった。あのひと、かんかんだったわ、自分の思いどおりにならなくて」

「いっしょにチェスをするとか？」

「うん。あと『楽しくおしゃべりする』とか」タニヤはいやな顔をしてみせた。「ぺちゃくちゃぺちゃくちゃ向こうがしゃべっても、わたしはだまってじっとにらみつけてるだけ。あのひと、わたしは期待はずれだったって、いつもそればっかり言ってる。こんどはカイルがあのひとを怒《おこ》らせる番よ。もちろん、だからってわたしたちをほうりだすわけにいかない。お荷物でも、おいとくしかないわけよ。ジョンもあんなだったしね」ジョンの名前が出るたびにタニヤの声が感傷《かんしょう》的《てき》になることに、ぼくは気づいていた。

「ジョンのこと、きいていい?」ぼくはおずおずとたずねた。

「ジョンは……」吸《す》う息がふるえていた。「ジョンはすごくいい子だった、どこをとってみても。勇気《ゆうき》があって、こわいもの知らずで、頭がよくて。年も上だったから、ジョンって……おにいさんみたいだった、わたしとルルの。わたしたちが落ちこまないように、いろんなことしてくれて、全力で守ってくれて。一度もうそをついたことがなかったし」タニヤはそこでちょっと口をつぐんだ。「それに、天使みたいな声で歌えるのよ」

タニヤは一瞬《いっしゅん》、もうこれ以上《いじょう》なにも言えない、という顔になった。話をつづけられそうにない。

「でも、あのひとのためにはぜったい歌わなかった。どんなにたのまれても、ものでつられても。いやなものはいやだって、がんとしてきかなかった。最後《さいご》のときね、わたしはジョンにあんなことしてほしくなかったんだ。やめてって、必死《ひっし》でたのんだんだよ。でも、どんなに危険《きけん》だろうが、かまうもんかって。何度でもやってみるしかないんだって」

ぼくは話を聞きながら、タニヤのほうを向いた。でも、タニヤはぼくの顔をぜんぜん見ようとしない。ブルーのジーンズをはいたひざに、指でくるくる円をかいている。ベッツィーかブリトニーのジーンズだ。サイズはSSSだな。視線《しせん》を感じたのか、タニヤは一度だけちらっとぼくのほうを見た。それからまた指先に目を落として、ひたすらくるくる円をかいた。ぼくはひたすらそれを見ていた。

「わたし、ジョンにきいたの。『じゃ、わたしはどうなるの？　ジョンがいなくなっちゃったら、どうやって生きていけばいいの？　あとは小さなルルとピッピと、本を書くことにしか興味《きょうみ》がないマックだけよ。そうなったら、だれがわたしたちのこと守ってくれるの？』って」

なにか言いたかったけれど、なにもいい言葉がうかんでこない。「ぼくが来たけどね」と言うのがせいいっぱいだった。これではなぐさめにもならない。そう思いながら、ぼくはずっとだまっていた。

「ジョンは『かならずもどってきて、みんなを助けだしてやる。約束《やくそく》するよ』って言ってくれた。でも、もどってきたときはきれいな木の箱に入ってた。CDをしまっとく箱みたいなのに。あのひと、箱の横にジョン・ポンダレーリという名前と死んだ日を書いてた」

「いったい、どういう死にかたしたの？」

「あのひととの食事の番がまわってきたときのことなの。ジョン、それが大きらいでね。ぜったいになんにも食べなかったし、口もきかなかったんだよ。あのひと、ジョンが大好《だいす》きなオペラから、パバロッティだとかレオーネ・マジエラの歌を選《えら》んで流すんだって。わたしたち、あのころはまだ、食べるときはつながれてなかったの。ひもでつながれるのはお散歩《さんぽ》のときだけだった」

タニヤは顔をあげた。その目は、声とおなじくらい暗くしずんでいた。「外の空気を吸《す》って運動をしなくちゃって、あのひと、毎日わたしたちをお散歩《さんぽ》させるの。犬みたいに。でも、いつも一回にひとりずつ」タニヤはそこでひと呼吸《こきゅう》おいた。思い出そうとする顔がぴんとはりつめるのを、ぼくはじっと見守った。「ジョンはあのひとのテーブルの上にあるテーブルに向かってすわってたの。どういうふうになってるか、わかるでしょ？」

ぼくはうなずいた。

「つながれてなかったから、あのひとが食べているあいだにジョンはさっと立って、自分の椅子《いす》をつかみあげた。で、ものすごく重い椅子をつかんだままあのひとに向かって走っていったの。ほら、よくライオン使いがやるでしょ、ライオンに向かって椅子の脚《あし》をつきだして」

ぼくはまたうなずいた。

「ジョン、椅子の脚をあのひとの顔にまともにぶつけようとしたの。大けがをさせておいて、そのあいだにあのひとのテーブルの太い長い脚をつたいおりて、なんとか逃《に》げるつもりだったのね。でも、計画どおりにはいかなかった」

ぼくはだまって待った。

「椅子をつかんだまま突進《とっしん》して、あのひとの目につきかかっていった。目がつぶれたってかまうもんかって……」タニヤはぼくを見あげた。目に涙《なみだ》がうかんでいる。

「それをあのひとが椅子ごと思いきりはたいたの。たぶん手の甲《こう》で、テーブルの上からはらいのけたんだと思う。あんまり力が強かったもんだから、ジョンは部屋《へや》の向こうはじまですっ飛《と》んで、壁《かべ》に激突《げきとつ》しちゃった」

タニヤはこらえきれなくなって、ぼろぼろ涙《なみだ》をこぼした。

「もうジョンの体はめちゃくちゃ。もちろん、お医者さまなんかいない。救急車《きゅうきゅうしゃ》も来ない。シェパードのおばさんが、悪いことしちゃったって両手を固《かた》くにぎりしめてるだけ。悪いことしちゃっただって！」

ぼくはだまっていた。なにを言っても的《まと》はずれで、いやな思いをさせるだけだろう。

こんなに静《しず》まりかえった場所は、生まれてはじめてだ。音楽も聞こえない。話し声も聞こえない。時計がコチコチ鳴る音も、冷蔵庫《れいぞうこ》のブーンという音もしない。外からの車の音や、小鳥のさえずりやコオロギの鳴き声も聞こえてこない。ただひたすら静まりかえっている。

「なにがおこったのかは、どうやってわかったの？」ようやく、ぼくはたずねた。

「あのひとから聞いたの。もちろん、わたしはジョンがなにをしようとしてるのか知ってた。ジョンって体力あったんだ。わたしたち毎日、腕立《うでた》てふせと腹筋《ふっきん》運動するんだけどね。ジョンは百回もできるの、汗《あせ》ひとつかかないで。準備《じゅんび》をしてたんだよね。でも、わたしたちがなにをしたって、けっきょくはどうにもならない。あのひとのほうが大きくて力があってがんじょうなんだから。こっちはちっぽけな蚊《か》みたいなもんよ。あのひと、あとでわたしたちになにもかも話して、わんわん大泣《おおな》きしてた。で、どんなにがっくりきちゃったかをくどくど言うわけ。がっくりきちゃった、ですって。どんなにジョンのことを愛《あい》してたかとか、どんなにわたしたちみんなのことを愛してるかとか、そんなことも言ってた。それから一週間くらい、片方《かたほう》の目のまわりが赤とむらさきになってて、両方のほっぺたにばんそうこうがついてた。ジョン、もうちょっとってとこまでいったのに――」

タニヤはがっくりうなだれた。

「あのひと、ほかにどんなことをしたら、今のここでの生活を受け入れてくれるの、なんてきくのよ。わたし、大声でどなってやった。天井《てんじょう》におおいかぶさってる大きな顔を見あげたときは、銃《じゅう》をもってたら撃《う》ち殺《ころ》してやるって思ったわ。だから『なに考えてんのよ。さっさと銃をもってきて。ほかにあんたなんかに用はないんだから』って絶叫《ぜっきょう》したの」

タニヤは鼻水をたらしていた。鼻水が涙《なみだ》とごちゃまぜになって流れている。でも、ぼくにはわたしてやるティッシュがない。どこにあるのかもわからない。

「というわけで」タニヤは言った。「わたしたち、食事のときはつながれるようになっちゃった。あのひともいやなんだよ、そういうことするの。雰囲気《ふんいき》がこわれるから」

タニヤはふるえながら深呼吸《しんこきゅう》すると、ため息をついて腕《うで》時計を見た。シルバーの男ものだ。太い金属《きんぞく》のバンドが、手首からぬけそうなほどゆるい。ジョンのだったのかな？　危険《きけん》な使命《しめい》をはたしにいく前に、ジョンがタニヤにプレゼントしたのかな？　それとも、シェパードのおばさんから、あとでわたされたんだろうか？

「わたし、もう寝《ね》るね」タニヤは疲《つか》れきったように言った。「自分の部屋《へや》、どこかわかるよね」

ぼくは立ちあがった。「自分の部屋じゃない。ぼくの部屋はぼくの家にあるんだ」

タニヤはにっこり笑《わら》った。そのとたん、ぼくには勇気《ゆうき》がわいてきた。どんなことでもできるような気がした。

タニヤがトイレに行って、そのあと、寝室《しんしつ》に入る音が聞こえた。つづいて、ひきだしをあけしめする小さな音。そして、ぼくはまたこわいほどの静寂《せいじゃく》につつまれた。

9

ぼくはまたソファーにたおれこんだ。

タニヤの声が耳の奥《おく》にひびきわたっていた。「わたしたちがなにをしたって、どうにもならない……あのひとのほうが大きくて力があるんだから」きっぱりと言いきっていた。もしかするとそのとおりなんだろうか？　ぼくはずっとここにいるの？　ぼくたちは一生ここにいるの？　ルルはもう大きくならないんだろうか？　ぼくたちは年をとるのかな？　毎年毎年、太ったり、やせたり、みすぼらしくなったりするのかな？　それとも、ぼくたちを小さくしておく薬には、永遠《えいえん》に年をとらせない働《はたら》きもあるのかな？　急に、息が苦しくなった。

ぼくはぱっと立ちあがった。どうしてこんなことになってしまったんだろう？　ぼくはいっしょうけんめい記憶《きおく》の糸をたぐりよせた。毎週火曜日と木曜日の夜は絵画教室で、あのときもぼくは、いつものようにアニー通りから家に帰ろうとしていた。シェパードのおばさんは、そのことを知っていたにちがいない。ずっと、こっそりあとをつけていたんだ。ぼくはぞっとした。でも、なんでまたぼくが？　目立っていたわけでもないのに。それに、やっぱりあのひとには見おぼえがある。あの赤い髪《かみ》。ピエロみたいな赤い髪。

ぼくはトイレに行きたくなった。

トイレの水はのろのろと、やかましい音をたてて流れていった。水はほとんど出ていない。ぼくは便器《べんき》の中をのぞきこんだ。目に入るものすべてが、脱出《だっしゅつ》の手段《しゅだん》になりそうに思えた。パイプが外につながっているにちがいない。これももう、ほかのみんながためしてみたんだろうか？　便器の底《そこ》には小さな穴《あな》があるだけ。それもせいぜいゴルフボールくらいの大きさだ。手を洗《あら》おうと水道の栓《せん》をひねっても、水はちょろちょろとしか出てこない。この排水口《はいすいこう》から逃《に》げるのはまずむりだろう。ぼくの小さな細い指ですら入らない。

マックはまだ自分の部屋《へや》で書きものをしているんだろうか？　大昔のアイルランドの世界にどっぷりつかっているんだろうか？

ぼくはマックの部屋のドアをノックした。

一瞬《いっしゅん》、もう寝《ね》ているかもしれないと思った。でも、マックは机《つくえ》に向かっていた。ふりかえったときの顔を見ただけで、たった今までどこかべつの、空想《くうそう》だらけの世界にいたんだということがわかった。それでも、にっこり笑《わら》う顔には親しみがこもっていた。

「あの」ぼくは言った。「ちょっとじゃましてもいい？」

「いいよ」マックは両手で髪《かみ》をかきあげた。

「ききたいことがあるんだ」ぼくは言った。「今までにだれか、トイレの穴《あな》から出ようとしたことある？　きっとパイプが……」

マックはにっと笑った。「タニヤがやってみた。つまって動けなくなった。笑っちゃいけないんだけど、タニヤの覚悟《かくご》はすごかったな。うまくいくわけないのに。幸《さいわ》い、足から入っていったから、みんなでひっぱってぬいてやったよ。おかげでタニヤはどこもけがをせずにすんだ。プライドはすっかり傷《きず》ついてたけどね」

「やっぱり！　ほかにには？」ぼくはきいた。「ミセス・シェパードが屋根をもちあげたときにおそいかかるっていう手は、使ってみた？　みんなでいっせいに屋根を下から押《お》しあげて、バランスをくずさせるとか」

「やった。家具を積《つ》みあげて、その上に立って、とめ金がはずれると同時にわっと押した。でも屋根をおさえつけられて、鍵《かぎ》をかけられておしまい。なんてったって、向こうの力はおれたちの十人ぶんだからな」マックは同情《どうじょう》するようにぼくをじっと見た。「あんなのに勝とうたってむりなんだよ」ぼくの見ている前で、マックは首をまわしたりのばしたり、指を曲げたりした。「ときどき痛《いた》くなってね」マックは言った。

ぼくは紙が積《つ》みかさねてある机《つくえ》に一歩近づいた。見たところふつうのタイプ用紙だ。でも、わかっている。これはミセス・シェパードがちょうどいいサイズに切ったものか、よく電話のわきにおいてあるようなメモ用紙のたばか、どちらかだ。

「最初はノートをくれてたんだ」ぼくの顔を見て、マックが言った。「でも、おれたちがとじてある針金《はりがね》を引きぬいたもんだから、これはあぶないって思ったんだろうな。それ以後《いご》、ばらばらの紙になった」マックは指で紙をぱらぱらめくった。「これでも、もらえるだけありがたい」

ぼくはうなずいた。

「カイルは画家のたまごか」マックは言った。でも、といかけているわけではなさそうだ。「だからつれてこられたんだな」

「まだたいしたことしてないけどね」ぼくはあわてて言った。

「あのひと、カイルのためにカンバスと絵の具を買ってきた」

「あんなもの、使おうと思わない」と言うと、マックはぼくの顔をまじまじと見た。

「タニヤにえんりょすることなんかない。この先いつまでここにいるかわからないんだし、絵をかくのが好《す》きだったら、かきな。そうでもしないと気が狂《くる》っちまうぞ」

ぼくはドアのわくによりかかった。「だからつれてこられたって言ったけど、それってどういうこと？」マックはなかなか返事をしない。ぼくはつづけて言った。「タニヤの話だと、シェパードのおばさんは芸術家《げいじゅつか》を応援《おうえん》してるつもりなんだって」

マックは身ぶりでベッドのほうをさした。「すわんなよ。ミセス・シェパードは、この子には才能《さいのう》があると思ったらつれてくる。頭の中がこんがらかってて、半分狂《くる》っているんだけど、あれで本人はおれたちを助けてるつもりなんだ。おれたちのために時間をさいて、親がわりになって、なんてね。身のまわりの世話もしてくれてるし」

「でも、そんなことしていったいなんになるの？　ぼくたちをずうっととじこめたままにして」

「まずもって、自分の楽しみになる。おまけにあのひとは、おれたちが『朝から晩《ばん》までそれぞれの芸術にうちこめば、かならず達人《たつじん》になれる』と思っている。今も言ったけど、あのおばさんは半分狂ってるんだ。でも、おれにとっちゃ……」マックは机《つくえ》の上に積《つ》んである紙に、指を一本つき立てた。「うちのおやじは、おれを将来《しょうらい》プロ野球選手《せんしゅ》にする気だった。三歳《さい》の誕生日《たんじょうび》に野球ボールをくれたときからずっと、その道に進むようしむけてきた。自分も若《わか》いとき選手をめざして、失敗《しっぱい》してたんだ。あいにくなことに、おれはたまたま野球がうまかった。だから、逃《に》げ道《みち》はなかった。おふくろは……」マックは細いあごひげをなでつけた。「おふくろはアイルランドのスライゴ出身で、物語作家だった。文芸雑誌《ぶんげいざっし》に詩を二作発表したこともある。編集者《へんしゅうしゃ》には、言葉をあやつるコツをつかんでいるって言われてた。おれはその才能《さいのう》を受けついだ。おふくろが生きてたら、おれの人生はもっとちがったものになってたかもしれない。わかんないけどね。おふくろは、おれが九歳《さい》のとき死んだんだ」

「でも……ミセス・シェパードになんでそんなことまでわかったんだろう？　マックが話したの？　マックはあのひとのこと、前から知ってたの？」

「なにがおこったのか知ったのは、しばらくたってからだった。ミセス・シェパードから聞いたんだけどね。ご主人が死んだあと船の旅に出たんだって。で、おれのおふくろの妹のルーシーおばさんと、フランクおじさんの夫婦《ふうふ》に出会った。三人は仲よくなった。おばさんはミセス・シェパードにおれのことを話したんだ。おばさんはおれのおやじが好《す》きになれなくてね。おふくろの素質《そしつ》をむだにさせたとか、こんどはおれの才能まで台なしにするつもりだとか、いつも言ってたよ。でも、おれの野球のことを自慢《じまん》したい気持ちもあったんだと思う。この年でもう有名になってるって。オールラウンド・プレーヤーと呼《よ》ばれてるとか、レフトフィールドのフェンスをこえるホームランをばんばん打つもんだから、女子サッカー部の部員は練習中ヘルメットをかぶるようになったとか」

マックはまたにっこり笑《わら》った。「女子には悪いことしたけどね。ルーシーおばさんは、おれがものを書くことにどんなに強い関心《かんしん》をもっているかという話をした。時間さえあれば書いていたいのに、おやじが……」マックは両手を広げてみせた。「ルーシーおばさんって、よけいなおしゃべりばっかりするんだよね。ま、それはいいとして、ミセス・シェパードは家に帰ると、新聞からおれのことを書いた記事を切りぬきはじめた。スクラップブックを作ったんだ。あとで見せてくれたよ、おれにも。あたりまえだけど、今のおれにはスクラップブックは巨大《きょだい》で、上に立たないと読めなかった。いろんなことが書いてあった。『投打《とうだ》に大活躍《だいかつやく》の逸材《いつざい》』とか、『冷静沈着《れいせいちんちゃく》のマクナマラ・チャン』とか。おれが感じてるプレッシャーにはまるでふれていなかった。野球が大っきらいだってことも」マックは椅子《いす》をかたむけて、前の二本の脚《あし》をうかせた。「だから、あのひとはおれを救《すく》いだしてやろうと考えたんだ。タニヤにしてもジョンにしても、助けてやろうというつもりでやったんだよ」

「救いだしてやる？　こんなおかしな姿《すがた》に変《か》えて？　こんなところにとじこめて——こんなへんてこりんな生活させて？　それになんでまた、ぼくを救いださなくちゃいけないなんて思ったんだろう？」

「あのひとなりの理由があるんだ」マックはおだやかな口ぶりで言った。「なにかを見た、とか、聞いた、とか。ただ思いこんでいるだけのこともあるけど」

ぼくは顔から手をはなして、マックを見あげた。「じゃ、マックはこのままでいいの？」

「ほかにできることがあるか？」マックはきいた。

「これで平気なんだね？」

「まあな」マックは言った。「自分の本の世界にいるかぎり」

「ぼくたちはどうすればいいの？　ぼくたちにはそんな本の世界なんかないんだよ。ここから出たい、うちに帰りたいんだ、ぼくたちは」声がだんだん大きくなってきた。「マックはいちばん年上だろ。みんなのこと助けてくれてもいいじゃないか」

マックはこたえない。ぼくはマックが銀色のシャープペンシルをとりあげて、机《つくえ》をとんとんたたくのを見ていた。「このシャーペン、あのひとがミニチュアのセットを買った中に入ってたんだと思う。おれの手がふつうの大きさだったら、こんなのじゃ書きにくいだろうけど、今はこれでちょうどいい」

マックには返事をする気がないみたいだ。

「芯《しん》はもってきてくれるしね。そういうことはわすれないでやってくれるんだ、あのひと」

「ふうん、よかったね！」ぼくはぼそっと言った。「ないと困《こま》るもんね」

マックはしかめつらになった。「一度、ジョンがおれの鉛筆《えんぴつ》をかりにきたことがある。ちょっと思いついたことがあって、てこに使いたいっていうんだ。でも、おれはかさなかった。ジョンとタニヤはかんかんだった。だけどね、もともとうまくいくはずのない計画だったんだよ。あんなことしてたら、おれはミセス・シェパードに鉛筆をとりあげられたかもしれない。鉛筆がふたつに折《お》れてしまってたかもしれない。みんなのために力をかす気がないのかって、タニヤはぶつぶつ言ってた。あのときのこと、タニヤは今も根にもってるんだよ。ジョンといっしょに練《ね》ったなんの役にもたたない脱出《だっしゅつ》計画に、おれがぜんぜん乗らなかったのが気に入らなくて。おれはなんでもするよ――成功《せいこう》するみこみのあることなら、なんでも」

シャープペンシルの細い金属《きんぞく》の軸《じく》が、スタンドの明かりにきらりと光った。

かすのがいやだというんなら、こっそりぬすんでもいい。これは凶器《きょうき》として使える。

マックはじっとぼくを見ていた。「やめとけよ、そんなこと考えるの。おれからとりあげようったって、むりだからな」

ぼくは大きく息を吸《す》いこんだ。むりかどうかは、やってみなきゃわからないぞ。

「マックの本、なんていう題なの？」ぼくはきいた。「第二巻《かん》の題は？」

「『クークリン王国と第二の鬼女《きじょ》』」マックはこたえた。

ぼくはうなずいた。「おもしろそうだね」

マックはうなずきかえした。ちょっと首をかしげているのは、これでもう話はすんだという合図だ。

ぼくは出ていくしかなかった。

台所で、ぼくはなまぬるくなったジュースをコップにそそいだ。自分にあてがわれたあの部屋《へや》に行くのは、なるべくあとまわしにしたかった。台所のカウンターに、卓上《たくじょう》カレンダーがおいてあった。たぶん、ふつうの大きさなんだろう。でも、ぼくにとっては巨大《きょだい》だった。いちばん上に大きな文字で〝アメリカの風景《ふうけい》〟と印刷《いんさつ》してある。六月はビートルホーク湾《わん》の絵だ。ほんとうにある場所なのかどうかはわからない。二階《かいだ》建ての家の前に時代おくれの馬車がとまっていて、川には石ころがちらばっている。店の看板《かんばん》には〈ハマグリとカキ〉の文字。昔ふうの服を着た女のひとが三人。魚つりのえさを売る店。一面の雲におおわれた空。こぼれんばかりに淡《あわ》いピンクの花をつけた桜《さくら》の木。背景《はいけい》には少しだけ海が見える。

ぼくはその絵をまじまじと見つめた。がさつで、にせものっぽくて、とてもじょうずとは言えない。

それでも、ぼくの胸《むね》は痛《いた》んだ。涙《なみだ》がこみあげてきた。またほんものの海が、ほんものの川が、ほんとうに花が咲《さ》いている桜の木が見られる日は来るんだろうか？

ぼくは四角くくぎられた日づけの余白《よはく》を見た。ミセス・シェパードはそこに予定を書きこんでいた。

六月十日の火曜日のところは、ジョン――夕食となっていた。そのジョンを線で消して、上にカイルと書きなおしてある。次の十一日はマック――散歩《さんぽ》、タニヤ――夕食。十二日はジョンを消して、カイル――散歩、ルルー――夕食。こうして月末までずっと、順《じゅん》ぐりに夕食と散歩の予定が組まれている。カレンダーを一枚《まい》めくって七月を見た。そこにも予定が書きこまれていた。八月、九月から十二月三十一日までぜんぶ。ジョンの日はひとつ残《のこ》らず、鉛筆《えんぴつ》でぼくの名前に書きかえてある。十二月三十一日。ジョンを線で消してカイル。

ぼくたちの日課《にっか》は、きちんときめられているのだ。

ミセス・シェパードと大晦日《おおみそか》をいっしょにすごすなんて！

なまぬるいジュースのせいで、また胸《むね》がむかむかしてきた。ぼくはコップを一度流しにおいてから逆《さか》さにした。そして、コップの中身が小さな排水口《はいすいこう》にちょろちょろ流れていくのを、じっと見つめた。

だれよりえらいマグナスが水道工事をした流し。

ぼくは部屋《へや》に入っていった。あたりは物音ひとつしない。ジョンのいた部屋。これからは、ここがぼくの寝《ね》る部屋だ。来る日も来る日も。毎晩《まいばん》が悪夢《あくむ》になるにちがいない。

10

ぼくは絵筆とカンバスとチューブ入りの絵の具を見た。

でも、はなれて見ているだけにした。まだとてもそんな気になれない。もしかすると、もう二度とその気にはならないかもしれない。

電気スタンドの黄色いかさからこぼれる明かりで、部屋《へや》は金色にかがやいている。見た目はほとんど、お日さまの光みたいだ。

たんすがある。ぼくはまっすぐそこに向かった。三つのひきだしには、ジーンズとセーターとTシャツが入っていた。ほとんどがダンボールの台紙にのって、セロファンのような袋《ふくろ》に入ったままだ。どこかのおもちゃ屋で買ったんだろう。ビクターのなのか、ブライアンのなのか、海水《かいすい》浴《よく》用品もあった。しまもようのシャツに赤い海水パンツ、ビーチボールまでそろっている。ビクターもブライアンも、いつなにがあっても準備《じゅんび》オーケーだったみたいだ。ぶあついジャケットとスキーズボンにかっこいいぼうしとミトンをあわせたら、すぐスキーに行ける。真っ赤のふちどりがついた紺色《こんいろ》の部屋着《へやぎ》を着れば、ゆったりとくつろげる。〈ビクターズ・シークレット〉と印刷《いんさつ》されたからっぽの包《つつ》みもある。〈ビクトリアズ・シークレット〉という女性《じょせい》の下着専門店《せんもんてん》のまねをしてつけた名前だろう。ぼくは中に入っていた下着に巻《ま》きつけてあったらしい、六つの紙帯《おび》に目をやった。いやでもなんでも、ジョンにはこれしかなかったんだろう。ふと、ばかみたいなことに思いあたった。じゃ、ぼくはどうすればいいんだ？　下着はなしってことか？

でも、いちばん下のひきだしに、パンツとTシャツが入っていた。ジョンが着ていたのを、洗《せん》濯《たく》してしまってあったのだ。ぼくはひきだしをしめた。ジョンのことも、ジョンがどんな死にかたをしたのかも知っていて、これを着なくちゃいけないだなんて、ぞっとする。

だけど、しょうがない。二日前から着たままの白いシャツとカーゴパンツは、もうだいぶよごれている。においのほうも、かなりひどいんじゃないかと思う。

ぼくは着ていたものをぬいで、木の椅子《いす》の背《せ》にかけた。ミセス・シェパードのテーブルの上ですわらされたのとおなじような椅子だ。ジョンがミセス・シェパードに突撃《とつげき》するときに使った椅子。マグナスが作った椅子だ。ぼくはもう一度ひきだしをあけた。しばらく、ここにいることになるんだったら、えり好《ごの》みをしている場合じゃない。ほんのしばらくのしんぼうだ。

ぼくはカーキ色のズボンをひっぱりだしてはいてみた。ぴったりだった。そういえば、台所の柱のしるしを見たら、ジョンはぼくより少し背《せ》が高いだけだった。ビクターとブライアンもほとんどおなじ背丈《せたけ》にちがいない。ということは、二十センチくらいなんだろう。ズボンは、左のポケットの内側《うちがわ》がくしゃくしゃだった。中に手を入れてみると、すみっこのほうになにかがある。丸っこい石だ。白くて、ピンポン玉くらいの大きさしかない。きっと、最初《さいしょ》からポケットに入っていたのが、ジョンといっしょにちぢんでしまったのだ。表面になにかかいてある。でも、あまりに小さくて、なんなのかわからない。ぼくは明かりにかざしてみた。すると、天使の絵が見えた。飛《と》んでいる天使だ。つばさをうしろに向けている。天使！　なんだか、ジョンがぼくになにかのメッセージと、身の安全を守ってくれる天使を残《のこ》していったような気がした。ぼくは指で、その天使をなぞった。でも、ジョンのことは守ってくれなかったんだな。

ぼくはベッドのほうに行った。さっきの石が、手の中でひんやりと冷《つめ》たい。ベッドはシングルだった。人形サイズのぼくのための、人形サイズのベッド。こんなところにもぐりこみたくない。

赤いビロードふうのベッドカバーの上にあおむけになって、ぼくはかっと目を見ひらいたまま天井《てんじょう》をにらんだ。顔を横に向けると、ペンキの色の変《か》わった壁《かべ》が見えた。カルーソーの絵がはがされてあった壁だ。ぼくの胸《むね》はふるえていた。死にかけた小鳥が弱々しくはばたいているような、たよりないふるえかただった。ぼくは眠《ねむ》ってしまわないようがんばった。ミセス・シェパードがまたあらわれて、大きな手をつっこんで寝《ね》ているぼくをつかみあげ、あの自分の王国につれていこうとしたら、かなわない。王国といっても、天使の王国なんかじゃない。まさに鬼女《きじょ》の王国だ。

でも、疲《つか》れはてていたぼくは、知らず知らずのうちに眠りに落ちていった。わけのわからない夢《ゆめ》をいろいろ見た。そして、寒さにぶるぶるふるえながら目がさめたときは、ジョンの石をぎゅっとにぎりしめていた。ぼくはその石をベッドのわきの小さなテーブルにおいた。電気スタンドは、まだお日さまみたいな光をまきちらしている。昼であろうと夜であろうと、ここはいつも明るいんだろう。ぼくはベッドカバーの下にもぐりこんだ。毛布《もうふ》が一枚《まい》あった。ふちどりがない。きっと、ふつうの大きさの毛布を四角く切ったものなんだろう。シーツは目のあらい生地《きじ》だ。角のところにM・K・Sとイニシャルが刺繍《ししゅう》してある。マグナス・クローナー・シェパード。シーツだと思ったら、男もののハンカチだった。

ぼくは暗がりの中で横になっていた。もう眠気《ねむけ》はさめてしまっている。家では、どうなっているだろう。警察《けいさつ》が捜索《そうさく》しているんだろうか。おかあさんはテレビに出て、悲痛《ひつう》な顔でみんなに情報提供《じょうほうていきょう》を呼びかけているんだろうか。ぼくは枕《まくら》に顔を押《お》しつけた。これ以上《いじょう》おかあさんのことは考えられない。それに、友だちのジェイソンはどうしているだろう。絵画教室の日、ぼくたちはよく自転車おき場で待ちあわせして、いっしょに帰った。途中《とちゅう》で〈ジャンピン・ジュース〉によって、ジュースを飲むんだ。カウンターには、ベルという名前の女の子がいた。ジェイソンのおにいさんとつきあっている高校生で、ぼくたちがなにも言わなくても、いつもおまけをしてくれた。ジェイソンとぼくは、そこでよくおしゃべりをしていた。

どうも〈ジャンピン・ジュース〉のことがひっかかる。なにか大事なことだ。

人形用のベッドに寝《ね》ころんだまま、ぼくはあれこれ考えた。なにを思い出さなくてはいけないのかがわからなかった。ときどき店に来る、あごひげをはやした男のひとのことが頭にうかんだ。いや、ちがう。次に、ギターをもったジミー・ダルトン。それもちがう。女のひとだ……

ぼくはベッドの上でおきあがった。

ぼうしをかぶってサングラスをかけた女のひと。赤い髪《かみ》が少しだけ、ぼうしからはみ出ていた。あの女のひとの顔。ぼくはひとの顔によく目が行く。どんなふうにえがこうかといつも考えちゃうからだ。思い出したぞ。あのときぼくは、このひとは〈ジャンピン・ジュース〉には似《に》あわないなと思ったんだ。あそこは子どもの集まるところだから。

ぼくはまた人形のベッドに寝ころんだ。あの顔。ざらざらの肌《はだ》と、サングラスの奥《おく》のやけにとびでた目。あのどえらく赤い髪。

ぼくはベッドわきのテーブルに手をのばして、ごそごそとジョンの石をさがした。

前にシェパードのおばさんを見たのはあそこだ！

あの日、〈ジャンピン・ジュース〉のカウンターにこしかけて、ジェイソンとぼくはなにを話していたのか。ぼくはいっしょうけんめい思い出そうとした。ぎゅっと目をつぶった。そうだ。ぼくはジェイソンに、絵画教室をやめなくちゃいけなくなるかもしれないという話をしていたんだった。おかあさんには負担《ふたん》が大きすぎるから。「一回二十ドルだろ」ぼくは言っていた。「うちのおかあさんには、はらうのがたいへんなんだ」

「そうか。でも、おまえ、すごくうまいのにな」そう言うジェイソンの声が、ぼくには聞こえてくるような気がした。

ベルがカウンターから身を乗りだしていた。その口紅《くちべに》の色がラズベリーピンクだったことと、お日さまの光があたって、鼻ピアスがきらきら光っていたことを思い出した。「カイルって、ほんものの絵かきさんみたいなのに。みんな、そう言ってるよ」

そのとき急に、ぼくはだれかに見られているのを感じた。そして、ちらっと女のひとのほうに目をやった。サングラスの奥《おく》で目がぎらぎら光っていた。おまけに、その目はまっすぐぼくのほうを見ていた。

ものすごく落ちつかない気持ちになったことを、ぼくは思い出した。

あの日のことが一から十まで頭にうかんだ。聞いたことも見たことも、ぜんぶ。ぼくはシーツのはしをかみしめた。

ぼくが週に二回、暗くて人通りのないアニー通りを自転車で帰るのを、あのひとは知っていた。それでぼくをつれ去ったんだ。

いいか、カイル。ぼくは自分に言い聞かせた。パニックにならずに、考えるんだぞ。しっかり考えろ！

マックは小説《しょうせつ》を書いていた。あのひとは、そんなマックをつれ去った。

ジョンは歌がじょうずだった。実現《じつげん》はしなかったけれど、授業料《じゅぎょうりょう》の一部を免除《めんじょ》される特待生《とくたいせい》になれるくらいだった。

タニヤは？　ほかのみんなとおんなじで、タニヤも誘拐《ゆうかい》されてきた。でも、どうしてなのか、はっきりしたことはわからない。シェパードのおばさんにとっては、タニヤは期待はずれだった。

ぼくは画家になりたかった。あのひとは、ぼくがそう言うのを聞いていた。絵画教室をやめなくちゃいけないと言うのも聞いていた。もしかすると、だれかがぼくの絵を百ドルで買ってくれたことも知っていたんだろうか。そこまでじょうずなのに、あきらめなくちゃいけないのはもったいない、と思ったにちがいない。

それじゃ、ルルは？　あの子はまだ四歳《さい》だ。シェパードのおばさん、ルルにはなにを期待しているんだろう？

「ミセス・シェパードはね、シャーリー・テンプルになれるようにおしえてくれてるの」ルルは声をはずませてそう言っていた。

犬は？ あのひとは、ピッピをなににしたいんだろう？ 名犬ラッシーか？

自分の荒《あら》い息が聞こえた。シェパードのおばさんは完全に頭がいかれている。まともじゃない。ぼくたちは気の狂《くる》った女に監禁《かんきん》されているんだ。


家がゆれて、ぼくは目がさめた。天井《てんじょう》がもちあがったかと思うと、明るい大きな声が聞こえて、真上にばかでかい笑顔《えがお》が見えた。大きな頭が屋根のあったところ全体をふさいでいる。

朝だ。ぼくはげんこつで眠《ねむ》い目をこすった。それでもしばらくは、まだ夢《ゆめ》を見ているみたいだった。ぼくはまばたきをしてから、ひじをついて体をおこした。どこからか、ぼんやりした光がもれてきている。

「まあ、カイルったら！ お寝坊《ねぼう》さんね」はずんだ声がした。

ぼくはベッドにちぢこまって、M・K・Sのイニシャルがついたハンカチをあごのところまでひっぱりあげた。背中《せなか》に固《かた》いものがあたる。ジョンの石だ。ぼくはもぞもぞと手でさぐって石をにぎりしめた。

「おはよう、タニヤ。おはよう、マック。もうお仕事にとりかかってるの？ 冬至《とうじ》にドルイド僧《そう》になにがおこったのか、早く聞きたいわ。おぼえてる？　きょうはお散歩《さんぽ》の日よ。あとでいっしょに歩きながらお話ししましょう。ピッピもつれていかないと。このところ太ってきちゃってるから。ルルはまだおねんねなのね。ほんとにかわいいんだから」赤い口紅《くちべに》がべっとりついた巨大《きょだい》なくちびるが、にっと笑《わら》った。

「さあ、朝ごはんよ。オートミールのおかゆだから、熱《あつ》いうちにめしあがれ。牛乳《ぎゅうにゅう》もあったためておいたわ。あとはオレンジジュースと、このおいしいパン」

なにかを言うたびに、手袋《てぶくろ》をはめた手が家の中に入ってくる。ぼくのいるところからは見えないけれど、台所の床《ゆか》に食べ物をおいているみたいだ。

「カイル！」大きくてグロテスクな目が、ぼくのほうを向いた。けさは充血《じゅうけつ》していて、白目に赤いくもの巣《す》のように血管《けっかん》が走っている。「ぐっすり眠《ねむ》れた？　寒くなかった？」

どうしてあんなスピードでベッドをおりて部屋《へや》の向《む》こう側《がわ》まで行けたのか、自分でもわからない。気がつくとぼくはキャップがしまったままの絵の具のチューブを、ミセス・シェパードの顔めがけて、ありったけの力をこめて投げつけていた。二つ、三つと、次々につかんでは投げた。絵の具は重かったけれど、重みなんかちっとも感じなかった。

でも、むだだった。

最初《さいしょ》のひとつは手袋をはめた手でさえぎられて、家の中に落ちてきた。そこでおばさんは顔をひっこめた。二つ目と三つ目は、顔のあったところを通りぬけて見えなくなった。ぼくは身がまえたまま立っていた。いつでも次の絵の具を投げられるのに、おばさんの顔はあらわれない。

なんだ、あれは？　あのものすごい音は？

まるでジャングルの中みたいだ。ライオンがせきをしているのか。マントヒヒがほえているのか。あまりのおそろしさに、ぼくは床《ゆか》にへばりついた。そして、両腕《りょううで》で頭をかかえた。

「タニヤ！　タニヤ！」ルルが泣《な》き叫《さけ》んだ。「ミセス・シェパード、怒《おこ》ってる。あの声、こわいよう」

ぼくはじっと見あげた。タニヤがルルをぎゅっとだきよせていた。「だいじょうぶよ、ルル。すぐ終わる、すぐ終わる。前もそうだったでしょ？」

いつのまにかマックもぼくの横にしゃがみこんでいる。

「だめだよ、あんな怒らせかたしちゃ」マックは声をひそめて言った。「むだな抵抗《ていこう》なんだから」

どーんと大きな音がした。つづいてもう一回。

家がゆれた。タニヤとルルがバランスをくずして、ぼくたちの横にたおれてきた。

ピッピはくんくん鳴いている。

「壁《かべ》をけってるんだよ」マックが大声で言った。

あたりがしんと静《しず》かになった。音がしているときより始末《しまつ》が悪い。なにをしているんだろう？両手で家をもちあげようとしているんだろうか？　ジョンを投げつけたときみたいに、壁《かべ》にたたきつけようとしているんだろうか？　まさか。家は重すぎてもちあがらないだろう。ぼくをつまみあげて、ほうり投げようっていうのかな？

足をひきずって歩くような音がしたかと思うと、また頭の上にぬっと顔があらわれた。片方《かたほう》の目がぴくぴく引きつっている。

「大けがをするところだったじゃないの、カイル」落ちついた声。うっすらとうかんだ笑《え》み。「とりあえず、このへんで……」声がだんだん小さくなっていく。家に屋根がかぶさって、カチャン、カチャンととめ金がかかった。

落ちてきた絵の具のチューブをもって、マックが立ちあがった。「ちょっと数が減《へ》っちゃったみたいだな」声がふるえている。

タニヤが力なく拍手《はくしゅ》した。「えらかったよ、カイル。とにかく、やってはみたんだから」タニヤはまだ、ルルをだきかかえて床《ゆか》にすわっている。「終わった」つぶやくような声でタニヤは言った。「もうだいじょうぶ」

「あのひと……ああやってよくほえるの？　さっきみたいに」ぼくはきいた。「まるで外に猛獣《もうじゅう》がいるみたいだった」

「そういうひとなのよ」タニヤが言った。「さっきのは、怒《おこ》ったときのわめき声。自分の思いどおりにならないと、ああやってわめきちらすの。わたしたちも、あれだけは慣《な》れっこになれないんだよね。たまに、追いうちをかけてくることもあるの。なんにもしないときもある。カイルはラッキーだったわ」

マックが手にもっていたチューブを残《のこ》った絵の具の横にもどして、きちんと一列にならべた。「気をつけないと、ぜんぶとりあげられちまうぞ」マックはつぶやいた。「どういう出かたをするかわからないおばさんだから。反抗《はんこう》されるのが大きらいだしね」

「はい、はい、こうってなあに、タニヤ?」ルルが泣《な》きべそをかいた。「あたし、いやだ、そんなことするの」

「ミセス・シェパードは、わたしたちとけんかしたくない。そう言ってるだけよ」タニヤが説明《せつめい》してやった。

ぼくは大きく息を吸《す》いこんだ。「やなこった。ぼくはどんなことをしてでも反抗してやる。どうなったってかまやしない」

「そんなこと言ってられるのも今だけだって」マックが言った。

11

ぼくはマックにたのんで、紙を三枚《まい》

もらった。そして、自分用のカレンダーを作った。シェパードのおばさんの予定表にくみこまれたぼくたちのスケジュールを、そこに書きこんでいった。それ以外《いがい》の空白は、すぎた日数をかぞえ、ぼくが、というか、ぼくたちがなにをしたかを書きとめるのに使った。毎日がおなじだった。おばさんが朝ごはんをもってくる。みんなでそれを食べる。そのあと、マックがきめた日課《にっか》をこなす。

「日課があると、一日にめりはりがつく」マックは言った。「これって大事なんだぜ」

ぼくたちはまず、冷《つめ》たい冷たいシャワーをあびた。「どうせふるえあがるんだったら、夜より朝のほうがまし」というのが、タニヤの説明《せつめい》だった。

シャワーのあとは運動をした。ルルまでがいっしょになって、手足のストレッチや前屈《ぜんくつ》、スクワット、腕立《うでた》てふせをして、部屋《へや》の中を走った。

それが終わると、マグナスの家具のほこりをはらい、床《ゆか》と敷物《しきもの》の掃除《そうじ》をした。「窓《まど》ふきはやらないんだ」ある日、マックが言った。あんまりまじめくさった顔で言うものだから、ぼくは一瞬《いっしゅん》、冗談《じょうだん》だということに気がつかなかった。「窓はないからな」マックはつけたした。これで冗談だとわかると思ったんだろうが、ちっともおもしろくない。

家はぴかぴかだった。いやでたまらない家だけれど、ここで暮《く》らすしかないのだから。みんな、いそがしく動きまわることで、気がへんになるのをくいとめていた。

それでもたまに、ぼくはおかしくなった。四方から壁《かべ》がせまってくるような気がして、呼吸《こきゅう》ができなくなる。息苦しさに悲鳴をあげたくなるのだ。一度だけ、タニヤがほんとうに悲鳴をあげた。頭をがんがん壁にうちつけて床にへたりこんだタニヤは、それからわんわん泣《な》いた。こわがって、ルルも泣きだした。するとタニヤは立ちあがった。そして、ルルのそばまで行って涙《なみだ》をふいてやった。

「おばかさんでしょ、タニヤったら。ちょっと、がまんできなくなっちゃっただけよ」タニヤはそう言って、ルルをだきよせた。「心配しないで」

では。

それ以後《いご》、タニヤが大泣《おおな》きすることは一度もなかった。少なくとも、みんなの見ているところ

今ここで自分を見失《みうしな》ったら、ますます困《こま》ったことになってしまう。ぼくにはまだ、そう思えるだけの分別《ふんべつ》は残《のこ》っていた。

毎日、午後は三人でトランプ遊びをしたり、ジグソーパズルをしたりした。ジグソーはいろいろあった。猫《ねこ》と子猫。白雪姫《しらゆきひめ》と七人の小人。

「このひとたち、小さいんだ。あたしたちみたいだね」ルルが言った。「だけど、あたしたちのほうがもっと小さい」

頭がさびつかないようにと、言葉遊びや数あてのゲームもした。絶望的《ぜつぼうてき》なことばかり考えないようにしていた。ルルは二十までかぞえられるようになって、アルファベットもおぼえた。もう『ジャックとジル』と『メリーさんの羊』はひとりで歌える。

タニヤとぼくは今までに見たいろいろな映画《えいが》を思い出して、その結末《けつまつ》を変《か》えて遊んだ。でも、みんながいちばん気になっていたのは、外の世界でなにがおこっているかということだった。

マックはほとんど姿《すがた》を見せなかった。マックにはせっせとうちこんでいることがある。ぼくにはそれが少しうらやましかったけれど、腹立《はらだ》たしくもあった。せめて、仲間としてぼくたちとい

っしょにすごせないんだろうか。

ある日、ルルが昼寝《ひるね》をしているあいだに、タニヤがどうやってシェパードのおばさんにさらわれたのかを話してくれた。ぼくは妙《みょう》にはれがましい気持ちになった。とうとうタニヤはぼくに心をゆるしてくれた。そんな気がした。

「自分からあのひとについてきたようなもんね」タニヤは言った。「わたし、道ばたでバイオリンを弾《ひ》いてたの。あのひとは三日連続《れんぞく》でベンチにすわって聞いてくれてた。で、ほかのだれよりもたくさん、わたしのぼうしにお金を入れてくれたの」

「どこで？」ぼくはきいた。

「サンタクルーズの繁華街《はんかがい》。行ったことある？」

ぼくはうなずいた。「いいよね、あそこ」

「三日めに、あのひと、ごちそうさせてくれないっていってきたの」タニヤはアーモンドの形をした黒い目で、じっとぼくのことを見つめた。「食事よ！　もちろん、ついていったわ、わたし。何日もまともに食べてなかったんだもん。ストローさんちから逃《に》げだしてからずっと」

「だれ、それ？」

「わたしの里親《さとおや》。三度めの」

ぼくはもっと話を聞きたかった。でも、タニヤは急にだまってしまった。ベッツィーかブリトニーのものだったらしい、タータンチェックのショートパンツのポケットの奥《おく》に手をつっこんで、はだしの足の片方《かたほう》で赤と青の敷物《しきもの》の上のなにかをたどっている。「寒かったんだ、あのとき。サンタクルーズって、お日さまがしずむと寒いの。シェパードのおばさんが、車のトランクにもう一枚《まい》ジャケットがあるって言うから、トランクをあけて体を乗りだしてとろうとしたら──ちくり」タニヤはぼくを見て、せつなそうに笑《わら》った。「そのあとどうなったかは、わかるでしょ」

「かわいそうに」ぼくはつぶやいた。ほかに言いようがない。

「そうね」タニヤが言った。「わたしたちみんな、かわいそう」


マックはぼくに紙を四枚くれた。しぶしぶ、鉛筆《えんぴつ》もかしてくれた。ぼくは四人全員の顔をスケッチした。そして、みんなで交換《こうかん》しあった。ぼくはタニヤのをもらった。

「思い出に」ぼくはみんなに言った。「ここから出たときの」

言ってることは勇《いさ》ましかったけれど、ときどきぼくは、ひとりひそかに、もう二度とここから出られないいんじゃないかと考えていた。

夜、タニヤの歌う『こんぺい糖《とう》のお舟《ふね》』にあわせて、ルルが踊《おど》ることもあった。ルルは巻《ま》き毛《げ》をぴょこぴょこゆらして、小さな足で木の床《ゆか》を軽《かろ》やかにふみ鳴らした。

「ミセス・シェパード、シャーリーのビデオを見せてくれるんだ」ルルはぼくたちに言った。

「シャーリーって、すごくかわいいの」

「ルルもかわいいよ」ぼくは言った。「オポッサムみたいにかわいい」

こんなところにいても、ルルはすぐにくすくす笑《わら》う。

そうこうするあいだもずっと、ぼくはシェパードのおばさんの絵筆や絵の具には指一本ふれなかった。

ジョンの石は肌身《はだみ》はなさずもっていた。

毎晩《まいばん》、ぼくはカレンダーをチェックした。月日はどんどんすぎていく。おかあさんのことが心配だ。今ごろはきっと、ぼくは死んでしまったと思っているにちがいない。もう望《のぞ》みはないと思っているだろう。

ぼくはなんとか望みをすてまいとした。

毎週、シェパードのおばさんはぼくたちに〝ビタミン注射《ちゅうしゃ》〟をした。そのたびにルルは泣《な》いた。

「注射はいや。おねがい、やめて、ミセス・シェパード。やだ、やだっ！」すると、ミセス・シェパードはこう言ってなだめすかした。「こわくなんかないのよ、ルル。あなたのためなんだから」

上のほうからそんなふたりの声が聞こえてくる中、ぼくたちはリビングルームにひとかたまりになって、自分の番が来るのを待っていた。

「うそつき！」タニヤはいつも声をひそめて言った。

シェパードのおばさんはぼくたちを散歩《さんぽ》につれだした。毎日、ひとりずつ。

ある朝、ぼくはぱっと前にとびだして、ミセス・シェパードの足のまわりを何度もまわった。自分がつながれているひもでおばさんの足をぐるぐる巻《ま》きにして、ひっくりかえしてやろうと思ったのだ。超《ちょう》ジャンボサイズのナイキのウオーキングシューズに、思いっきり体あたりした。シェパードのおばさんはころんだ。でも、たいしたころびかたじゃなかった。しりもちをついたまま前かがみになると、ぼくを逆方向《ぎゃくほうこう》にぐるぐるまわして、足に巻きついたひもをほどいた。おかげでこっちは目がまわってしまった。

ぼくはふらふらしながら、シェパードのおばさんがまたうなり声をあげるのを待ちかまえた。ところが、おばさんはジーンズについた泥《どろ》と落ち葉をはらいのけただけで、やさしく言った。

「あなたもお散歩を楽しんでるんだとばっかり思ってた」

なんだかおもしろがっている。マックの言ったとおりだ。シェパードのおばさんは、わけがわからない。思いもよらないことを言う。

こっちは全身痛《いた》いとこだらけだ。ぼくは猛烈《もうれつ》に腹《はら》がたった。「そのうちきっと、おもしろがっていられなくなるからな」ぼくがそう言うと、おばさんはわざとびっくりしたような顔をしてみせた。

「なんの話をしてるの、カイル？」

夕食のとき、シェパードのおばさんはノンストップでしゃべりつづけた。ぼくの絵のことをたずねては、ドールハウスの中のあいている壁《かべ》ぜんぶに絵をかけるのが、待ちどおしくてしかたがないと言った。「壁はみんな、あなたのためにとってあるのよ、カイル」そのやさしい声を聞いていると、ぼくは気持ち悪くて吐《は》きそうになった。

「おばさんのためなんかに絵をかくもんか」ぼくは言った。

「いいかげんになさい！　それがわたしに対する口のききかたなの？」おばさんは切れた。「こっちだって、がまんにも限界《げんかい》ってものがあるのよ」やさしい声とやさしい顔は、すっかり消えてなくなっている。ぼくはそらおそろしくなった。見あげると、手袋《てぶくろ》をはめた巨大《きょだい》な手が頭の上にかぶさってくる。おまけに、またあのおそろしい地鳴りのような音がしはじめた。ぼくは背《せ》を丸くして身をかがめた。頭の中はもう真っ白。今にぶんなぐられる。床《ゆか》にたたきつけられて、ぼくはばらばらになっちゃうんだ。

うなり声が震動《しんどう》に変《か》わった。おばさんの喉《のど》のあたりからつたわってくる。

とそのとき、ひゅーっとものすごいいきおいで息を吸《す》う音が聞こえた。そして、おばさんは手を横におろした。

ひざの力がぬけてしまって、こっちはまともに歩けやしない。真っ赤な口紅《くちべに》のおばさんは、そんなぼくを見おろしてにっこり笑《わら》った。また例《れい》の、思いやりのあるやさしい笑顔《えがお》だ。「だいていってあげましょうか、カイル？」

「いえ、けっこうです」力なく、でもていねいに、ぼくはこたえた。

用心、用心。このひとにはめったなことは言えない。気をつけないと死んじゃうからな。

いっしょに散歩《さんぽ》するたびに、ぼくはまわりのようすを観察《かんさつ》した。草ぼうぼうの原っぱのはるか向こうのほうに、家の屋根が見えた。原っぱのわきに、舗装《ほそう》されていない細い車道があって、その先に木造《もくぞう》ガレージの戸がある。中に入っているのはあの車だろう。ぼくたち四人は、あの車の暗い危険《きけん》なトランクを知っている。おばさんの家が建《た》っているのは、木立《こだち》のずっと奥《おく》のほうだ。

壁《かべ》にはつる植物がからまりついている。ぼくは『ジャックと豆の木』の話のことを考えた。ジャックの大きさだったら、いや、ぼくの大きさでも、つるにつかまってのぼることはできるだろう。でも、その先には巨人《きょじん》が待っている。「やあやあ、いたぞ、いたぞ」と言いながら。

ミセス・シェパードの家の庭にあるとぎれとぎれの細い道を、ぼくたちは散歩した。庭は草ぼうぼうで、雑草《ざっそう》がぼくの背丈《せたけ》の倍くらいにのびている。ちょうど自分の目の高さにタンポポの綿毛《わたげ》があるというのは、なんだかへんな気分だ。ひとつひとつの小さな種《たね》がこんなにもきれいだったとは、知らなかった。てんとう虫も、今までに見たことのないような姿《すがた》をしている。ミミズはまるでピンク色のヘビがくねくね動いているみたいだ。ときどき、顕微鏡《けんびきょう》をのぞいているような

感じがした。

散歩《さんぽ》のとき、ミセス・シェパードはたいていピッピもつれて出る。自由に走りまわれるのはピッピだけだ。つながれているひもがいっぱいにのびるところまでぼくが走ると、ピッピはよろこんで追いかけてきて、ぼくにとびついてくる。

ぼくは原っぱにじっと見入《みい》った。そして考えた。のびほうだいの芝生《しばふ》と雑草《ざっそう》の中に、四人でかくれることとならできそうだ。

そうしたら、おばさんにはぜったい見つけられない。


食事にくらべると、散歩のほうがまだなんとかがまんできた。食事のとき、ミセス・シェパードはぼくのためにジャズを流した。ぼくはジャズが好《す》きだと思っているのだ。おかあさんのCDを聞かされると涙《なみだ》がこみあげて、ますます逃《に》げてやるという決意が固《かた》くなるのに、おばさんにはそこのところがわかっていない。流れているのはアレサ・フランクリンの歌のときもあれば、ビリー・ホリデイやエラ・フィッツジェラルドのときもある。みんなぼくのうちのCDというわけではない。おばさんがぼくのためにわざわざ買ったものもある。おばさんはちょっと首をかしげて、かわいくてたまらないという顔でぼくに笑《わら》いかける。「ほかに聞きたい歌手はいない？　CD、もう一枚《まい》買ってあげましょうか？　あなたのためなら、いつでも買ってあげるわよ」

ぼくは返事をしない。

タニヤのときはどんな音楽を流すんだろう。ぼくがたずねると、タニヤは肩《かた》をすくめた。「バイオリンの独奏曲《どくそうきょく》。あのひと、ドボルザークの弦楽四重奏《げんがくしじゅうそう》をかけるのが好《す》きなの。第三楽章ね。へ長調の」タニヤは涙声《なみだごえ》になった。「聞きながら、じっとわたしのこと見てるの。ありがとうって言ってほしいのか、わたしが泣《な》くのを見たいのかはわからない。どっちもしてやらないけどね。バイオリンがわたしといっしょに小さくならなかったとき、あのひと、めちゃくちゃうろたえてた。だけど、わたしはそれでよかったと思ってるんだ。もう二度と弾《ひ》けないかもしれないけど」

タニヤは手で目をかくしていた。泣いているんだと、ぼくは思った。でも、顔をあげたときには、かたくなな表《ひょうじょう》情をしていた。

「見せてくれるのよ、あのひと。ダイニングルームのすみにおいてあるの、カイルも見たことがあるでしょ？　ケースのふたをあけてね、さわってもいいって言うの。よかったら指で弦《げん》をはじいて鳴らしてごらんなさいって。でも、わたしはじっとしてる。返事もしない。とことん無視《むし》してやるんだ、あんなやつ」タニヤは髪《かみ》をかきあげた。「わたしはただいるだけ。マグナスの作った家に住んで、あのひととの大切な部屋《へや》にいすわって。あのひとがわたしを追いだす方法《ほうほう》はひとつしかない……始末《しまつ》することよ」

「殺《ころ》すってこと？」なかなか言葉が出てこなかった。口に出して言ったとたん、頭の上にかぶさってきた、手袋《てぶくろ》をはめたものすごくでかい手が思いうかんだ。あの手なら、ぼくたちなんてかんたんに殺《ころ》せちゃうだろう。

タニヤがにっこり笑《わら》いかけた。「だって、あのひと、わたしを解放《かいほう》するわけにはいかないじゃない」

ぼくはタニヤに親しみをおぼえた。シェパードのおばさんとすごす時間はべつとして、ぼくたちは毎日、朝から晩《ばん》までいっしょにいる。ぼくはタニヤのことばかり考えるようになった。そして、これではいけないと思った。でも、考えないでおこうと思えば思うほど、よけいにタニヤのことが気になった。

12

毎週月曜日の朝早くに、

シェパード

のおばさんはぼくたちの洗濯物《せんたくもの》をとりにくる。ぼくたちがメッシュの洗濯ネットに入れておいたのをもっていって、きれいになったらたたんで返しにくる。

九月八日の月曜日、ぼくはその洗濯ネットの中に入って、外へとあがっていった。

ぼくたちは何日も前から計画を練《ね》っていた。問題はだれが行くかだった。ぼくの思いつきなんだから、当然《とうぜん》行くのはぼくだ、とぼくは言いはった。

「わたしがいちばん小さいのよ、ルルはべつとして。色が黒いから目立ちにくいし」タニヤが言った。「だからわたしが行く」

マックが首を横にふった。「どっちにしてもうまくいきっこないよ。あのおばさん、けっこう頭いいんだから」

タニヤはマックをにらみつけた。「マックは行かなくていいよ。ずっとここにいてもいいんでしょ」

マックは顔色ひとつ変《か》えない。「おれはただ、あんまりいいアイデアじゃないって言ってるだけだよ」

タニヤはよそよそしい目でマックのほうを見た。「マックって、わたしたちがなにを考えても、いいアイデアだと思わないじゃない」

「だって、いいアイデアが出たためしがないだろ」マックが言った。

「一度でいいから前向きになってよね、マック」タニヤは言った。「わたしたちのためじゃない、ルルのために」

だれが行くかはけっきょく、スパゲティのくじびきできめることになった。

「ほんとうに参加《さんか》するの、マック？」ぼくはきいた。するとマックは、ちゃんと返事をしないで、こっくりうなずいた。「いちばん長いのがあたりだからね」ぼくは言った。

ぼくが引いたのがいちばん長かった。

そしてきょうが、決行の日だった。

マグナスのハンカチのシーツにくるまってネットの中に入ると、ぼくはほかの洗濯物《せんたくもの》の中に身をひそめた。洗濯物をとりにきたときにぼくがいないと気づかないように、ぼくたちはミセス・シェパードの注意をそらせる方法《ほうほう》をふたつ考えていた。まず、ぼくはまだ寝《ね》ていることにして、クマさんにかわりに毛布《もうふ》をかけておいた。

「カイルは寝てるの」ミセス・シェパードにきかれたら、タニヤがそうこたえることになっていた。でも、ぼくたちはおばさんがもうひとつのことに気をとられて、ぼくのことをわすれていてくれるのを期待していた。その〝もうひとつのこと〟をするのはルルだった。

どうすればいいのか、ぼくたちはルルにていねいにおしえた。でも、ルルはまだたったの四歳《さい》だ。どこまで理解《りかい》できているのか、はっきりとはわからなかった。

「いい？　わたしたちの言うとおりにするのよ」タニヤはルルと真正面から向きあって、ソファーにすわった。

ルルは真剣《しんけん》な顔でうなずいた。

「みんなでカイルが脱出《だっしゅつ》する手助けをするのよ。そうしたらカイルが、わたしたちがここにいるってだれかに知らせてくれて、ミセス・シェパードといっしょにいなくてもよくなるの」

ルルは一度くわえた親指を口から出してたずねた。「でも、またときどきミセス・シェパードに会いにきてもいい？　シャーリー・テンプルのビデオ、見てもいい？」

タニヤはごくりとつばをのみこんだ。「そうしたいんだったらね。だけどルル、またママといっしょにいられるんだよ。そのほうがいいと思わない？」

ルルはにこにこした。えくぼが見えかくれする。「そのほうがずーっといい」

「でしょ。カイルはこれから洗濯《せんたく》ネットの中にかくれるからね、おばさんがネットをもちあげたら、ルルにはしてほしいことがあるの。すごく大事なこと」

「いいよ」ルルは言った。

「ほら、ルル、カイルがおしえてくれたでしょ、あのまねっこ側転《そくてん》」

ルルはこっくりうなずいた。

「じょうずにできるよね、ルル」

ルルはまたうなずいた。

「よーし。じゃ、計画を話すね」タニヤは声をひそめた。「これは秘密《ひみつ》。だれにも内緒《ないしょ》よ。クマさんにもしゃべっちゃだめ。ピッピにもだまってて。とくに、ミセス・シェパードにはぜったい言わないのよ。びっくりさせたいんだから」

ルルはくすくす笑《わら》った。「ピッピは聞いてるじゃん」

ぼくはピッピの耳を手でふさいだ。すると、ルルはまたくすくす笑った。

「まず、カイルがネットの中にかくれるの」

「かくれんぼみたいに？」ルルは目をきらきらさせた。

「そう。だれにも見つからないといいんだけどね。カイルがかくれたあと、ミセス・シェパードが洗濯物《せんたくもの》をとりにくる。いつものように屋根をもちあげるから、そしたら、わたしのことを見るのよ。合図するからね、こんなふうに」タニヤは敬礼《けいれい》のまねをしてみせた。「シャーリーもビデオの中で、こんなふうに手をあげてたでしょ？」

ルルはぱちぱち手をたたいた。「あげてる。そんなふうにして」

「よーく見ててね。で、わたしがこうやって手をあげたら、大きな声でミセス・シェパードのこと呼《よ》んで、『見て見て、ミセス・シェパード。こんなことできるんだ、あたし』って言うのよ。おぼえていられる、ルル？ ちょっと言ってみてくれない？」

「見て見て、ミセス・シェパード。こんなことできるんだ、あたし」ルルはおうむ返しに言った。

タニヤが言った。「そうそう、それでいいの。で、言ったらすぐ、側転《そくてん》をするの、あっちの壁《かべ》のそばで。ルル、じょうずにできるんだよね。きっとすごいって言うよ、おばさん」

ルルはむずかしい顔になった。「もしじょうずにできなかったら？」

「いいのよ、それはそれで。うまくできなかったら、やりなおせばいいの」タニヤはちょっと思《し》案《あん》した。「これは、お芝居《しばい》とおんなじなのよ。シャーリーが映画《えいが》の中でやってるみたいな。できるかな？」

「うん」ルルは、はればれとした笑顔《えがお》になった。

ぼくたちは、何度も何度もルルといっしょに練習した。しまいには、ぼくが寝言《ねごと》でルルのせりふを言うほどだった。ルルがどれだけミセス・シェパードの注意をひきつけられるか、そしてどれだけ洗濯《せんたく》ネットとぼくのベッドからミセス・シェパードの気をそらせられるかが勝負だ。クマさんはぼくよりはるかに大きい。でも、念入《ねんい》りにベッドカバーをくしゃくしゃにして、その下に寝かせておくから、よっぽど注意深く見ないとぼくじゃないことはわからない。

脱出《だっしゅつ》前日の日曜日の夜、マックとタニヤとぼくはリビングルームにすわって、どういう展開《てんかい》になるかを思いつくかぎり話しあった。もちろん、逃《に》げだしもしないうちに見つかってしまうかもしれない。洗濯ネットに入っているところを発見されてしまうことも考えられる。洗濯物をネットから出して、かごか洗濯機《き》にほうりこむときに、ぼくの姿《すがた》が目にとまるかもしれない。

「洗濯ネットの口はあけもしないいんじゃないの」ぼくは言った。「ネットごとほうりこむよ。うちのおかあさんはぼくのソックスを洗《あら》うとき、ああいうネットに入れてるよ。そうしないと、いつも片方《かたほう》がどこかに行っちゃうんだ。ソックスは小さいから、排水《はいすい》パイプに吸《す》いこまれちゃうんだって。ぼくたちの着てるものって、それよりうんと小さいよな」

タニヤはふるえながら息を深く吸いこんだ。「ねえ、カイル。わたし、やめといたほうがいいと思う。ほんとうに」

「ちょっと待ってよ」ぼくは言いかけた。「もう準備《じゅんび》はできてるんだからさ。ここでやめるわけには――」

タニヤがさえぎった。「でも、どうするの？　もし洗濯《せんたく》ネットに入ったまま洗濯機《き》にほうりこまれて、水がいっぱいになってくるのに、ネットから出られなくて……」

「ちゃんと出てみせるってば。だから、タニヤはネットの口のひもをうんとゆるくむすんでおいて」

「あのひとがきつくむすびなおすかもしれない」

「だからどうなのさ。だいじょうぶ、ほどいてあけられるから。ほら、ちゃんとチェックしたじゃない、ぼくの指がメッシュの穴《あな》を通りぬけるのを。心配することなんかないって」なにも言わなかったけれど、ぼくにも心配していることがあった。もし洗濯機のふたがあけられなかったら、どうしよう？

「もし洗濯ネットがからまっちゃって、洗濯機がまわりだして……排水《はいすい》パイプに吸《す》いこまれちゃったら、どうするの？」

「おれがどう思ってるかは、わかってるよな」マックが言った。「でも、カイルとタニヤはうまくいくと思ってるみたいだから、まあ……」マックはしかたないというように両手を広げてみせた。

マックの言うことなど聞こえなかったかのように、タニヤはしゃべりつづけた。「時間はあんまりないのよ、カイル。あのひと、ここに来てマックをお散歩《さんぽ》につれだしてから――」タニヤはジョンのおきみやげらしい腕《うで》時計を見た。「――二時間ほどでもどってくるんだから」

「で、カイルがいないことに気づいて、さがしはじめる」マックが言った。

「でも、おばさんはまず地下室を調べるね」ぼくはマックに言った。われながら、実際《じっさい》より自信《じしん》満々《まんまん》に聞こえる。「そのころにはもう、ぼくは安全な雑草《ざっそう》の中。原っぱの向こうの家をめざしてるよ」ぼくはわざとらしく、低《ひく》い声で笑《わら》ってみせた。「みんな、びっくりするだろうなあ、こんなに小さくなっちゃったぼくを見たら」

タニヤはがっくりうなだれた。「ここで待ってるのがどれほどつらいか」すすり泣《な》く声が聞こえる。ぼくはタニヤの横へ行ってすわった。そして、兄貴《あにき》っぽく肩《かた》をだきよせた。タニヤは兄貴みたいだと思ってくれてるかな？　タニヤの肩にまわした腕に、ぼくはちょっと力をこめた。

「やってみなくちゃ、タニヤ。どんなに危険《きけん》でも、やってみるだけのことはあるって」

タニヤは涙《なみだ》でぬれた顔をあげて、ぼくを見た。「いやだ！　ジョンとおんなじこと言ってる。ねえ、カイル？　わたし、だんだん、やめといたほうがいいような気がしてきた。こわくてしかたないの。ジョンがいなくなったときは、がまんできないくらい悲しかった。カイルがいなくなったら……」

タニヤは途中《とちゅう》までしか言わなかった。でも、そこまで聞いただけで、ぼくは気分がよくなった。ぼくもタニヤにとっては大切だったんだ。

九月八日の月曜日が来た。そして、ぼくは計画を実行した。

13

洗濯《せんたく》ネットの中で、ぼくはじっとしていた。

あいたままのドールハウスの屋根と床《ゆか》のあいだで、洗濯ネットは軽くゆれている。シェパードのおばさんがルルのまねっこ側転《そくてん》を見ているのだ。

「じょうず、じょうず」おばさんの声には、やさしさがこもっていた。

なにがおこっているのか、見なくてもぼくにはだいたいわかった。ルルがタニヤに言った。

「ね、うまくできてた、タニヤ？　ちゃんと言えてた？」

一瞬《いっしゅん》、ぼくはもうここまでだと思った。シェパードのおばさんはきっといつものように「えっ、なんて言ったの？」とききまくるにちがいない。でもそのとき、タニヤがルルのそばに行くのがわかった。きっと、ルルがなにかほかのことを言う前に、だきあげてしまったのだろう。「パーフェクトだったよ」タニヤは言った。それから、こうつづけた。「ルル、ずっとシャーリー・テンプルのせりふを練習してたのよ、ミセス・シェパード。すごいね、この子って」

ぼくはミセス・シェパードのうれしそうな顔を想像《そうぞう》した。「あした、またいっしょに、シャーリーのビデオを見ましょうね、ルルちゃん」

「あっ、そうだ、ミセス・シェパード」タニヤがふと思い出したように言った。「きょうはルルとわたしのベッドカバーも洗濯《せんたく》ネットに入ってるの。どっちもよごれてたから。ごめんね、ちょっと重いけど」

「そんなのどうってことないわよ」ミセス・シェパードは明るい声で言った。こんなに行儀《ぎょうぎ》のいい口のききかたをするタニヤに、とまどっているのだろう。

「お昼にはお豆を煮《に》て、チリを作るわね」シェパードは大声で言った。「じゃ、また十一時に来るわ、マック。きょうはあなたとお散歩《さんぽ》よ」

屋根のとめ金をかけるとき、ミセス・シェパードは洗濯ネットを地下室の床《ゆか》におろした。やわらかい洗濯物にしっかりくるまっていても、ネットがどさりと落ちたときはぎょっとして、ぼくは思わず息をのんだ。

階段《かいだん》をあがっていくとき、ミセス・シェパードはまた少し洗濯ネットをゆさぶった。低《ひく》く鼻歌をうたう声が、ぶんぶんハチが飛《と》んでいるみたいに聞こえた。

ハンカチの中でちぢこまっているので、脚《あし》も背中《せなか》もこわばって痛《いた》い。ジョンの石は、黒い短パンのポケットのいちばん底《そこ》に入っている。ぼくが着るのにみんなで選《えら》んだのは、黒い短パンと土色のTシャツだった。「移動《いどう》には最適《さいてき》」だとマックは言っていた。たしかに、これだと原っぱを逃《に》げるとき目立たなくていい。誘拐《ゆうかい》されたときにはいていたアディダスのスニーカーは、おばさんとの散歩《さんぽ》でどろんこになってしまって、もう色が白じゃなくなっている。

ミセス・シェパードの足音が床《ゆか》にひびく。大またで一歩進むたびに、洗濯《せんたく》ネットとぼくはぶらぶらゆれる。ここはきっと台所だ。ふいに足もとの音が変《か》わって、洗濯ネットがおろされた。こんどは固《かた》くて弾力性《だんりょくせい》のない、平たいところだ。カチッ、カチッと音がする。洗濯機《き》のスイッチを入れる音だろう。心臓《しんぞう》がばくばく鳴って、もう息が止まりそうだ。予想に反して、ミセス・シェパードが洗濯ネットの口をあけて中身を洗濯機にばさっとほうりこんだら、どうなるんだろう？　そのときぼくが見えたら？　黒い短パンとTシャツを着た子どもが、脚《あし》をばたばたさせながら水の中にとびこんでいくのが見えたら？　そりゃ、すくいあげるにきまってる。あの便利《べんり》な虫とり網《あみ》を使って。そうなったら、とりあえずぼくはおぼれないですむ。でも、逃げ道はまた永遠《えいえん》にとざされてしまう。

ぼくは床におかれた洗濯ネットの中で、じっと横になっていた。すぐそばで、水がぽとぽと落ちる音がする。洗濯機《せんたくき》に水を入れているのだ。ミセス・シェパードはまだ鼻歌をうたっている。

とそのとき、洗濯ネットがもちあげられて、ほうりこまれた。

まるでエコー室の中だ。背後《はいご》で水が滝《たき》のように流れおちてくる。その音が耳にがんがんひびく。ほかにはなにも聞こえない。ぼくはくるまっていたハンカチのシーツとタオルとTシャツを押《お》しわけて、まわりをのぞいた。灰色《はいいろ》のつるつるした洗濯槽《そう》が、すぐ目の前にせまっている。見あげると、洗濯機《き》のふたはあいたままだ。その先に天井《てんじょう》と、円形《えんけい》の照明《しょうめい》が見える。ぽつりぽつりと黒いものがうつっているのは、中に入りこんで死んじゃった虫だ。ミセス・シェパードの姿《すがた》は見えない。でも、ここで時間をむだにはできない。

急げ！　急げ！

ミセス・シェパードは、ほかの洗濯物をとりにいったんだろうか？　たしかに、これだけじゃ少なすぎる。ぼくは洗濯ネットをつついて、ひものあるところをさがした。そして、むすび目に指をさしこんだ。ネットの中のものはもうぬれている。下のほうはほとんどずぶぬれだ。ぼくの左肩《ひだりかた》を、水が少しずつ流れおちていく。

急げ、急げ、早くしないとあのひとがもどってくる！

タニヤがゆるくむすんでおいてくれたむすび目は、ぶらさげられ、ゆさぶられてだいぶ固《かた》くなっているけれど、まだかわいている。ぬれたらもっと固くしまってしまう。パニックにならないよう気持ちを落ちつけながら、ぼくはむすび目を指でつついた。ここでパニックになったら、ひもはぜったいほどけない。ぼくははあはあ息を切らしながら、ひとりごとを言った。「もうちょっと、もうちょっと」ネットのすきまから難儀《なんぎ》して指でほじくる。やった。ネットの口があいた。まずい！　ああっ、まずい！　足音が近づいてくる。ぼくはあわてて、片側《かたがわ》だけがぬれてびしょびしょになったタオルの下にもぐった。上から洗濯物《せんたくもの》がどさっと落ちてきた。その重みで水の中にしずんだとたん、こんどはかわいた砂《すな》みたいなものがふってきた。洗剤《せんざい》の粉《こな》だ。ばたん。大きな固《かた》い音がした。そしてあたりは真っ暗になった。

ぼくは必死《ひっし》で洗濯物をかきわけて上をめざした。みんなミセス・シェパードの衣類《いるい》だ。においでわかる。ジャスミンの香水《こうすい》のにおいと、鼻のむずむずするような洗剤のにおいがまじりあい、くしゃみが出た。それもたてつづけに二回。ぼくは親指とひとさし指で鼻をつまんだ。まさか、外までは聞こえてないだろうな。苦しい。息がつまりそうだ。すぐうしろで、水の流れる音がする。あとでほうりこまれた洗濯物はまだぬれていない。ぼくはふらふらしながら、その上に立った。やわらかいので、足をのせるとすぐへこんでしまう。腕《うで》をふりまわしてバランスをとりながら、ぼくはそろりそろりと洗濯物の山の上を歩いた。

指の先が、固くてつるつるしたものにふれた。回転部分だ。ぼくはそこにつかまり、よじのぼっていった。水はもうどのあたりまで来ているんだろう？　この回転部分がいきおいよくまわりだしたら、渦《うず》の中にほうりだされておぼれ死んでしまう。ぼくは回転部分の羽根の上に立って、さらに上をめざした。そこらじゅう、洗剤《せんざい》でざらざらしている。おまけにすべりやすい。上へ、上へ、上へ。なんだか、氷でつるつるすべるらせん状《じょう》の細い道を歩いているみたいだ。

ぼくはもう一度立って、腕《うで》をあげてみた。手でさぐると、洗濯機《せんたくき》のふたは頭のすぐ上だ。ぼくは息をつめた。よし、ここだ！　耳をすましても、聞こえるのはうしろからの水の音だけ。ミセス・シェパードはもう出ていってしまったにちがいない。まずはここから出なくちゃ。手で押《お》すと、ふたはかんたんにもちあがった。ぼくは力いっぱい押した。するとふたはいきおいよくいちばん奥《おく》まであいて、がたがたふるえた。ぼくは洗濯機のふちにあがった。部屋《へや》――洗濯専用《せんよう》の部屋だと思う――にはだれもいない。

こんな部屋があるのは知らなかった。マグナスが作ったぼくたちの家には、この部屋はない。乾燥機《かんそうき》がおいてある。ぼくの横には棚《たな》があって、洗剤の箱やものすごく大きな漂白剤《ひょうはくざい》のボトルやスプレー式のしみぬき剤《ざい》がならんでいる。箱入りのごみ袋《ぶくろ》もおいてある。棚は白いエナメル製《せい》で、両はしをささえているのも白いエナメルのポールだ。

下で洗濯機がかくんとゆれた。きしむような音がして、洗濯槽《そう》がまわりはじめた。よかった。ぼくは大きく息を吸《す》いこんでポールにつかまり、つたいおりた。手がぬれているので、思ったよりいきおいよくすべる。タイルばりの床《ゆか》にどすんとしりもちをついたときは、息が止まるかと思った。ぼくは立ちあがった。体じゅうが痛《いた》い。水がぽとぽとたれている。足首に鋭《するど》い痛みが走った。でも、そんなことを気にしている時間はない。

ぼくはタイルばりの床《ゆか》に立っていた。大きな正方形の灰色《はいいろ》のタイルだ。目の前のドアはあいたままだった。向こうにも小さな部屋《へや》がある。台所ではない。バスルームだ。洗面台《せんめんだい》とトイレがある。昔ふうの服装《ふくそう》の少女が、青いふちどりのついた丸い洗面器で手を洗《あら》っている絵がかかっている。はずかしそうにふり向いて、ぼくを見ているみたいだ。タオルかけには青いハンドタオル。トイレのタンクの上には青い造花《ぞうか》。トイレの真上はすすけたよろい窓《まど》だ。ななめにあいている。

ぼくは洗剤《せんざい》の泡《あわ》のまじった水をしたたらせながら、足をひきずって歩いた。一歩前進するたびに、足首がずきんと痛む。ぼくはトイレの白い便座《べんざ》を見あげた。頭よりずっと高いところにある。どうすればあそこまで行けるだろう？　なにか方法《ほうほう》があるはずだ。がんばれ、カイル。考えろ、考えるんだ。見ると、すみっこにトイレブラシのホルダーが押《お》しやられている。ぼくは長い柄《え》のついたブラシをひきずりだして、壁《かべ》と便器のあいだにななめに立てかけた。ブラシの柄にだきついて少しずつ少しずつのぼっていくぼくを、絵の中の少女が小さなえくぼを作って見ていた。

もう少しで便座に手がとどく。思いきり手をのばしたら、指が便座にさわった。ぼくはブラシの柄をはなして、便座のふちをつかんだ。便座の上にあがると、ふらつく足で窓のほうにまわった。ジャンプしてどうにか窓にとどいた。窓わくの出っぱりにちょっとぶらさがってから、敷居《しきい》

にはいのぼった。とめ金のついた網戸《あみど》をこじあけるとき、あやうく指の骨《ほね》を折《お》りかけた。窓《まど》の下は壁《かべ》だった。太い茎《くき》に節《ふし》のあるつる植物が壁をおおっていて、むらさき色の花をつけている。どこかで見たことのあるつる植物だ。これならのぼるのはかんたんそうだ。やあやあ、あったぞ、あったぞ。おりるのもかんたん。チャンスだ。

ぼくは窓の下わくにこしかけて、つる植物の中へとすべりおりた。茎がふたまたにわかれているところで、ひっかかって止まった。その茎に両手でしっかりつかまると、ぼくはまたがったまほんのしばらく休憩《きゅうけい》した。そして、息をととのえてから、下まではいおりた。

ぼくは地面に立った。朝の空気がさわやかだ。青い空に、細いすじのような白い雲がうかんでいる。土のにおい。スイカズラのにおい。すごくいいにおいだ。胸《むね》に熱《あつ》いものがこみあげてくる。もう、ひもでつながれてなんかいない。自分勝手なおしゃべりをしながら、ひもをひっぱるシェパードのおばさんもいない。なんだか信《しん》じられなかった。もう暑くなりはじめていて、ぬれた服からかすかに湯気《ゆげ》がたちのぼっていた。雑草《ざっそう》がおいしげった原っぱの向こうに、家の屋根が見える。あそこがゴール地点。ぼくがかけこむところだ。のんびりしている場合じゃない。

ぼくは腕《うで》時計を見た。ミセス・シェパードは、二時間したらマックをむかえにいくはず。もう、そのうちの四十五分を使ってしまった。ぼくは家を見あげた。あっちにもこっちにも窓があった。まわりにつる植物がきれいにからまっている窓もある。窓がたくさんあることには、散歩《さんぽ》のとき気がついてはいた。でも、今ほど真剣《しんけん》に注意をはらっていなかった。どの窓《まど》からおばさんが外を見ていてもおかしくない。それに、芝生《しばふ》と雑草《ざっそう》の中にかくれるには、まずその手前の細い道をわたらなくてはいけない。

ぼくは体をくの字に折《お》り曲げるようにして走った。最初《さいしょ》の一歩をふみだしたときは、目から火が出るほど足首が痛《いた》くて、もう少しでたおれそうになった。でも、たおれている時間はない。痛いなんて言ってる場合でもない。

原っぱまで来ると、ぼくはかくれた。芝生も雑草もぼくの背丈《せたけ》くらいある。だいじょうぶ、これなら見つからない。

ぼくは草をかきわけて歩きだした。一歩一歩がどうしようもなくつらい。どうしたんだろう？　骨《ほね》が折れているんだろうか？　それとも、ただのねんざ？　ぼくは歯をくいしばった。いつだったか新聞で、食料《しょくりょう》をのせたそりをひっぱって、南極《なんきょく》をひとりで歩いて横断《おうだん》することにしたひとの記事を読んだことがある。そのひとは氷の穴《あな》に足をふみ入れて、足首を骨折《こっせつ》した。それでも、意志《いし》の力で前進しつづけた。ブーツの中で足首をしっかりと固定《こてい》して、痛みどめの薬をのんで、百五十キロ以上の道のりを歩いた。ぼくには痛みどめはない。でも百五十キロも歩くわけでもない。がんばれ、カイル。おまえだって意志の強さじゃ負けてないぞ。進め。進め。

腰《こし》をかがめて、ぼくは走った。ときどき、おそるおそる背すじをのばして、家のほうをふりかえった。カリフォルニアの太陽の下、家は木立《こだち》の中にひっそりと静《しず》かに建《た》っている。

ぼくはポケットの中の天使にさわってみてから、また前進しつづけた。

サワサワとゆれる草の葉は、軽くてふわふわしているように見えた。でも、実際《じっさい》には針《はり》みたいに先がとがっていて、顔にもむきだしの腕《うで》と脚《あし》にもぴしぴしあたる。とげもさざる。〝ひっつきむし〟みたいに服にもへばりつく。ハエが飛《と》んできて、ぼくの腕と脚ににじんだ血を吸《す》っていった。ふつうの大きさのハエだったけれど、ぼくにはカラスみたいに大きく思えた。

マックとタニヤとルルは時間をたしかめているだろうか。ちゃんと脱出《だっしゅつ》できたかな。今、どこにいるんだろう。そんなことを考えているかもしれない。自分のためだけじゃない。みんなのためにも、うまくやりとげなくては。原っぱのはずれにある家の屋根は、歩きはじめたときとおなじくらい遠くに見える。でも、そんなはずはない。残《のこ》り一時間しかないんだから、だんだん近づいているにちがいない。

そのときぼくは、こういうときはジグザグに進まなくてはいけないことを思い出した。なぜなのかは思い出せなかったけど、とにかく、ぼくは少し左につき進み、また右に向きを変《か》えて進んだ。

どこかでマネシツグミが鳴いている。くりかえし、くりかえし、おなじ鳴き声で。そして、そのあとから……そのあとから……だれかが呼《よ》ぶ声がする。

「カイル？　カイル？　そこにいるのはわかってるのよ。すぐもどってらっしゃい！」

やばいっ！　どうしてこんなに早く気づいたんだろう？　ぼくは走るスピードをあげた。前後の草が動くのをミセス・シェパードが見ているのはわかっていた。それが、逃《に》げる相手を追いつめるときのやりかたじゃなかったっけ？　アパッチ族の戦士《せんし》が敵《てき》を追跡《ついせき》するときの。ここは、猟《りょう》師《し》に追われた動物がぴたりと止まって息をひそめるように、動かないでじっとしていたほうがいいんだろうか？　うずくまるか地面にへばりつくかして、暗くなるのを待つべきかも。

「カイル？　かくれたってむだよ。どこにいるか、ちゃんとわかってるんだから」

チョキン！　チョキン！

ミセス・シェパードが雑草《ざっそう》を刈《か》りながら歩いてくる。もうぼくの心臓《しんぞう》はとびだしそうだ。

ぼくは用心しながら、すぐ前の草むらをほんの少しだけかきわけてみた。すると、見えた。ものすごくでっかい植木用のはさみをもっている。太陽を反射《はんしゃ》して、きらりと光るはさみの刃《は》。開いたり閉《と》じたりするようすは、まるで凶暴《きょうぼう》な怪鳥《かいちょう》の口ばしだ。

チョキン！　チョキン！

芝草《しばくさ》の先っぽやら雑草の黄色い実やら土のかたまりやらが、あたりにとびちっている。

「今行くわよ、カイル」呼《よ》びかける声。

どっちに走ればいいんだ。どこにかくれたらいいんだ。

チョキン！　チョキン！

もう恐怖《きょうふ》で動けない。ぼくは頭をかかえてちぢこまった。まっぷたつにされてしまう。首をちょん切られてしまう。

とうとう真上まで来てしまった。お日さまがひとの形にさえぎられている。「ほうら、見つけた！」ミセス・シェパードが言った。

「やめろ、やめてくれ！」と叫《さけ》んだように思う。でも、よくおぼえていない。

そのとき、檻《おり》みたいに虫とり網《あみ》がおおいかぶさってきた。ぼくはくるりとひっくりかえされ、すくいあげられて、ミセス・シェパードのどでかい顔の真ん前にもってこられた。おばさんの真っ赤な髪《かみ》が、日の光の中で赤さびのような色に見える。額《ひたい》にうかんだ玉の汗《あせ》が小さくゆれている。

ミセス・シェパードはうなり声をあげなかった。

ひとこともしゃべらなかった。

にっこり笑《わら》ったかと思うと、ぼくをつかんだ腕《うで》をいっぱいにのばして、引きかえしていく。

ものすごい距離《きょり》を、あんなにいっしょうけんめい走ったのに、帰りはミセス・シェパードの足でたったの七歩。

あんなに無力感《むりょくかん》を味わったのは、生まれてはじめてだった。

14

ぼたぼた水をしたたらせているぼく

を、ミセス・シェパードはドールハウスにもどした。

タニヤとマックとルルはリビングルームの真ん中に立って、ぼくを待っていた。

ミセス・シェパードはなにも言わなかった。赤い口紅《くちべに》をぬった口を大きくあけてにっこり笑《わら》うと、ぼくたちひとりひとりを順番《じゅんばん》にじーっと見つめてから、屋根にとめ金をして行ってしまった。

「だめだった」ぼくはわかりきったことを言った。寒さと恐怖《きょうふ》で歯ががちがち鳴った。

「むりじゃないかって思ってたんだ」タニヤが言った。「あのひと、ここに来るなりクマさんにかけてあったベッドカバーをひっぱがして、そのまま行っちゃったから。カイルはどこかなんて、きもしないの。わたしたち、もうほとんどあきらめてた」

ぼくは足をひきずって一歩前に出た。

「痛《いた》そうだな」マックが言った。「すわんなよ」マックはぼくの足首を手でさわった。「骨《ほね》は折《お》れてないと思う。骨折《こっせつ》した足首は二回見ているし、おれも一度折ったけど、さわった感じはこんなじゃなかった。たぶんねんざだよ。ねんざしてるのに、むりして歩いたんだろう」

「うん」ぼくは言った。

マックの手をかりて、ぼくは部屋《へや》にもどった。タニヤがタオルをもってきてくれたので、ぬれた体をふいて、ブライアンのジーンズとあったかいセーターを着た。ブライアンもビクターもほんものの人間じゃない。ふたりが自分で自分の服を選《えら》んだわけでもない。それなのに、なんとなくそれぞれの好《この》みがわかってきたような気がする。ブライアンは明るい色が好《す》きだから、セーターもかぼちゃみたいな濃《こ》いオレンジ色。ときどきぼくは、自分もシェパードのおばさんみたいに気が狂《くる》ってきたんじゃないかと思ってしまう。

かぼちゃ色のセーターを着て、ぼくはソファーに横になった。顔の切り傷《きず》とすり傷を、タニヤがふいてくれた。足首にはぬらした布《ぬの》を巻《ま》いてくれた。

ピッピはぼくの横に寝《ね》そべっている。ルルは床《ゆか》にすわって、お話を聞かせてくれた。

「あのひと、洗濯物《せんたくもの》を乾燥機《かんそうき》に入れるのに、洗濯部屋にもどったんだろうな」マックが言った。

「おれたち、それを計算に入れてなかったから」

「それで、洗濯機《せんたくき》のふたがあいているのを見た」ぼくは言った。「考えてみたら、こっちは証拠《しょうこ》を残《のこ》してたんだよね、最初《さいしょ》っから。きっと、床《ゆか》にぼたぼたこぼれた水がバスルームにまでつづいてたんだ」

沈黙《ちんもく》が流れた。「しかたなかったのさ」マックがつっけんどんに言った。「よくやったよ、カイル。もうあと一歩ってとこまでいったんだもんな」

タニヤが四つに割《わ》った小児用《しょうによう》アスピリンを三粒《つぶ》、もってきてくれた。「ルルが熱《ねつ》を出したとき、シェパードのおばさんがくれたの。残ってたから」

ぼくはそれを一度にのみこんで、「ごめんよ、みんな」とつぶやいた。

「なにばかなこと言ってるの」タニヤは言った。「がんばったじゃない」

「カイルって勇気《ゆうき》があるんだね」ルルも言った。「ロビン・フッドみたい。ロビン・フッドって、すごーく勇気があるんだよ」

「生きててくれただけでうれしい」タニヤがささやいた。

ぼくはやっとの思いでにやりとした。「ぼくも」

「おれも」マックが言った。

シェパードのおばさんはマックを散歩《さんぽ》につれだしにこない。

「ちょっとわたしたちに気をもませようとしてるのよ」タニヤは真剣《しんけん》な顔でぼくを見た。「わたしがあのひとのこと大っきらいなのは知ってるでしょ。でもね、なんとなくわかるの。さびしいのよ、あのひと。心にぽっかり穴《あな》があいているっていうか。わたしたちは、その穴をうめてあげてるわけ。わたしもよくさびしい思いをしたんだ、里親の家にいるとき。お昼ごはん、もってきてくれるかな。こわいね、なにもかもがあのひと次第《しだい》だなんて」

「でも、もってきてくれなかったら、みんなおなかすいちゃうよ」ルルがくちびるをふるわせた。

「もってきてくれるって、ルル。心配しないで」タニヤは言った。

ミセス・シェパードは昼食をもってきたことはもってきた。でも、いつものぎょうぎょうしさも、楽しそうなおしゃべりもなかった。

「信《しん》じられる？」タニヤが言った。「あのひとが傷《きず》ついてる。わたしたちに裏切《うらぎ》られたと思ってるのよ。なんでカイルが逃《に》げようとしたのか、ぜんぜんわからないんだ。なんでわたしたちがこを好《す》きになれないのかも。どうして自分がこんなにきらわれているのかも」

「あたしはちょっと好きだよ」ルルが言った。「ママほどじゃないけど」

「そうだね」タニヤがやさしくこたえた。

六日間、ぼくはずっと足首を固定《こてい》していた。ミセス・シェパードとの散歩《さんぽ》はキャンセルになったけれど、食事はいつもどおりだった。ビタミン注射《ちゅうしゃ》もされた。ミセス・シェパードは、ぼくが逃《に》げようとしたことをいっさい話題にしない。まるで、そんなできごとはなかったかのようだ。

「ああいうのを〝否認《ひにん》〟っていうんだ。現実《げんじつ》をみとめたくないのさ」マックは言った。「本にはいっぱい出てくる」

「マックの本にも？」ぼくはきいた。

マックはにやっと笑《わら》った。「いや、あんまり。大昔のアイルランド人は剣《けん》で戦《たたか》ったり殺《ころ》しあいをしたりでいそがしすぎて、だれが正しくてだれがまちがっているかなんて心配してるひまがなかったんだ。今だって、そのころとあんまり変《か》わってないよな」

「でも、マックの本には女の悪魔《あくま》が出てくるんでしょ」ぼくは言った。

「そう、鬼女《きじょ》。フィンベンナックという雄牛《おうし》も出てくる。体は血の色をしてて、胸《むね》の部分は馬で、鼻づらは鮭《さけ》で――」

ルルがもぞもぞ体をくねらせた。「こわーい」

「ヒーローは、その雄牛に立ち向かうの？」タニヤがたずねた。「ヒーローはいるんでしょ」

「いる。立ち向かっていく」マックはタニヤのほうを見ないでこたえた。

「やっぱり」タニヤは言った。「そういう主人公なのよ、わたしたちが好《す》きなのは。うじうじしてて、がんばってなんとかしようって気もないんじゃ――」

ぼくは割《わ》って入った。「それで、どうなるの？」

「フィンベンナックは悪魔《あくま》でもあるんだ。もちろん、おれの小説《しょうせつ》の中での話だけど、フィンベンナックは鬼女《きじょ》と出会う……おれが頭の中で作りあげた鬼女」マックは少し気がへんになったみたいに、にたりと笑《わら》った――ぼくに向かって。タニヤのことはまるっきり無視《むし》している。「ちょうどいいモデルがここにいるもんだから、登場させずにいられなかった。でも、おかしいんだ。その鬼女が出てくるところを読んで聞かせても、シェパードのおばさんは自分だってことにぜんぜん気がつかない」

「〝完全否認《かんぜんひにん》〟だな」ぼくは言った。

「どうしてわたしたちには一度も聞かせてくれないの？」タニヤがきいた。

「不安なんだ」マックは言った。「つまらないと思ってるのは、見ていてわかってしまうから。いいと思ってるふりをしても、見ればすぐわかるし。そうなったとき、どうしていいかわからないんだ。あのおばさんにだったら、なんと思われようがどうでもいい。それに、あのひとはいつも、すごくよく書けてるとしか言わないしね」

タニヤは白目をむいてみせた。

マックはまた毎日書くようになった。

タニヤとぼくはえんえんとおしゃべりをした。

ぼくたちは、とても実行できるとは思えない逃亡《とうぼう》計画を次々に考えだした。たとえば、どうにかしてミセス・シェパードの電話のところまで行って、助けを呼《よ》ぶとか。「ダイヤルボタンの上に立って、ぴょんぴょんとばなくちゃいけないね」タニヤが言った。

「それならできるよ」ぼくはタニヤに言った。

どうにかしてミセス・シェパードの車のところまで行けたら、とも考えた。「ぼくが運転席《せき》の背《せ》もたれの上に立って、ハンドルをまわす」ぼくは言った。「タニヤは下のアクセルの横。マックはブレーキ担当《たんとう》。で、ぼくが大声で命令《めいれい》を出す」

「だめだめ、ハンドルをまわして命令するのはわたしよ」タニヤが言った。「マックも来ると思う?」

「来るよ、ぜったい」ぼくはこたえた。

どうにかして注射器《ちゅうしゃき》をとりあげて、ミセス・シェパードに〝ビタミン注射〟をするという案《あん》も出た。ぼくたちとおなじくらい小さくなったところでやっつけて、脱走《だっそう》するのだ。

問題は、その〝どうにかして〟だった。〝どうにかして〟の関門《かんもん》をどうにかして突破《とっぱ》できたら、あとはうまくやれるという自信《じしん》はあった。

ある日の午後、タニヤはルルに昼寝《ひるね》をさせようとしていた。ぼくはやさしくささやきかけるようなタニヤの声に、耳をすましていた。

「ここから出られたら、たこあげに行こうね。もちろん、行っていいかどうか、先にルルのママにきいてからよ。わたしみたいなお友だちでも、ママにだまってついてきちゃだめ、ぜったいに」

「わかってる」ルルは言った。「悪いひとがいるからでしょ」

「そう。でも、ルルのママがいいって言ったら、わたし、すごくいいところを知ってるから、そこに行こう。低《ひく》いお山があって、海が見えるの。いつも、そよそよ風が吹《ふ》いてて、お空にはしっぽがはねてるみたいな形をした雲がいっぱいうかんでて」

ルルが眠《ねむ》たげにささやいた。「雲のしっぽ？　しっぽつきの雲って、見たことない」

「見られるよ」

「うん。あたしのたこは鳥みたいなんだよね？」

「そうよ」

「タニヤのは緑のドラゴン？」

「ドラゴンみたいにおっかないでしょ、わたしは」

「クマさんもつれていくんだ。ピッピも」

「そりゃそうよ。おいてったりしない」

ぼくはルルの部屋《へや》の外に立っていた。タニヤの声にはやさしさがあふれている。ぼくはドアをあけた。

「ぼくもたこあげに行っていい？」ぼくはきいた。

「来て、来て、カイルも」ルルが言った。

ぼくは前かがみになってルルの鼻先にキスした。すると、ルルはじっとぼくを見あげた。「あたしのこと好《す》き？」

「だいだいだーい好きだ」

「タニヤのことは？」

思いがけない質問《しつもん》だった。横でタニヤがちょっとはずかしそうにしている。

「うん。大好きだよ」ぼくはこたえた。顔がかっと熱《あつ》くなった。

「カイルはマックもピッピもクマさんも、みーんな大好きなのよ」あわててタニヤが言った。

「じゃ、クマさんとピッピにもキスしなさい」ルルは命令《めいれい》した。

ぼくは言われたとおりにした。心のどこかで、「それからタニヤにも」とルルが言うのを待っていた。そうなったら、どうしよう？

ルルはそんなことは言わなかった。

ちょっぴり残念《ざんねん》だった。

ぼくのカレンダーのます目はどんどんうまっていった。毎日の×印《じるし》を見れば、どれくらい長いあいだここにいるかがわかる。九月八日に0と書いてあるのは、脱出《だっしゅつ》しようとして失敗《しっぱい》したのをわすれないため。もう十月だ。家のまわりでは、紅葉《こうよう》がはじまりかけている。ここに来て三カ月以上がすぎた。ぼくの髪《かみ》はもう肩《かた》までのびている。

「言えば髪くらい切ってくれるよ、あのひと」タニヤは言った。「わたしは爪《つめ》を切ってもらってるんだ。ネコの爪みたいにのびちゃってるのって、悲しいじゃない」

ぼくも爪はおばさんに切ってもらっていた。じょうずに、ていねいに。でも、髪は切ってやると言われてもことわっていた。

十月六日のことだ。

いっしょに食事をしたあと、シェパードのおばさんはぼくを地下室につれておりようとしていた。食事のときは、いつものように音楽が流れていた。チャーリー・パーカーのCDだった。大きな足音をたてて地下室への階段《かいだん》をおりていくあいだじゅう、おばさんはぺちゃくちゃとしゃべりつづけていた。話題は、マグナスのことと、マグナスが最後《さいご》までやりとげられずに亡《な》くなった計画のことだった。人類《じんるい》を劇的《げきてき》に変《か》えるようなものだったらしい。つまりぼくたちは、その実験《じっけん》の手はじめだったわけだ。

「遺伝子《いでんし》の改変《かいへん》っていうのよ」シェパードのおばさんは言った。「胚嚢《はいのう》を操作《そうさ》すると、知能《ちのう》を高めることができるの。知能指数の低《ひく》い人間はいなくなるわけ。ちょっと想像《そうぞう》してごらんなさい、カイル！」

マグナスの話になるといつも、ミセス・シェパードはつらつとしてくる。そのときも興奮《こうふん》して声がやたら大きくなっていたので、ぼくに聞こえていた音がおばさんには聞こえていなかった。どこか近くで、ぽたり、ぽたりと水のしたたる音がしていたのだ。もしあのとき、ぼくがおばさんの話にうわの空になっていなければ、聞こえなかったにちがいない。

ミセス・シェパードのにぎりこぶしの中で、ぼくは指の関節《かんせつ》の向こうにじっと目をこらした。巨大《きょだい》な給湯器《きゅうとうき》の底《そこ》から、しずくがたれていた。水滴《すいてき》のひとつひとつが、ぼくには二十五セント硬貨《こうか》くらいの大きさに見える。でも、ほんとうはすごく小さいのだろう。

ぼくの心臓《しんぞう》はものすごいはやさで鳴りはじめた。頭の中もフル回転だった。水もれは、おばさんにとってはやっかいな問題かもしれない。

でも、ラムキンにとってはまたとないラッキーチャンスだ。

15

「地下室の水道管《すいどうかん》に一カ所、水もれし

ているところがある」ぼくはタニヤに話した。「床《ゆか》にぽたぽた水が落ちてるんだ。今はまだたいしたことない。でも、そのうちもっとひどくなる。おばさんが自分で水道工事ができるんだったらべつだけど、そうでなかったら、だれかを呼《よ》んで修理《しゅうり》してもらうしかない」

タニヤは両手に顔をうずめた。それから、ぼくを見あげた。声がふるえている。「長いあいだここにいるけど、ひとがおりてくるなんてこと一度もなかった。あのひと以外《いがい》、ひとりも。もしかするとチャンスかな、カイル？」

「見つかるの、あたしたち？」ルルはぼくたちひとりひとりの顔を順《じゅん》に見ていった。「みんな、おうちに帰れるの？」

「かもね」タニヤがつぶやくように言った。「みんなで大声出して、ぎゃあぎゃあさわごう。そしたら、修理《しゅうり》に来たひとに聞こえるかもしれない」

ぼくはじっくり考えようと目をつぶった。「こっちのやりそうなことは、シェパードのおばさんもわかってるよ。あのひとはぜったい、あぶないことはしない。ぼくたちを移動《いどう》させるんじゃないかな、家ごと」

「むりよ」タニヤが言った。「この家、めちゃくちゃ重いんだから。おまけにわたしたちだっているし。動かそうと思ったら、家具もわたしたちもぜんぶ一度外に出さなくちゃいけない。それでもまだ……」

「でもあのひときっと、ドールハウスを見せたがるよ」マックが言った。「見せずにいられない。なんてったってマグナスが作った家だからな。家具もみんなマグナスの手作りだろ。マグナスはどんなに頭がよかったか！　マグナスって天才！　あのひとにはもう長いこと、ぼくたち以外《いがい》に自慢《じまん》する相手がいなかったんだから」

ルルはピッピをだいて、みんなの顔を見くらべた。

「ってことは」ぼくは言った。「きっとあのひと、ぼくたちだけほかのところに移《うつ》して、ほかのものはそのままにしとくな」

タニヤがソファーのひじかけを指でとんとんたたいた。「頭をはたらかせないとね。床《ゆか》の真ん中にメモをおいとくとか。修理《しゅうり》に来たひとが確実《かくじつ》に見てくれるところに」

「でも、あのひとも見ちゃうよ」

タニヤはこっくりうなずいて、マックのほうを見た。「マックは作家よね。本の中でこういうことがおこって、解決法《かいけつほう》を見つけるんだって考えてみて。そういうこと考えるの、得意《とくい》でしょ」

「かならずしも解決法があるとはかぎらないけど」マックが真剣《しんけん》な顔で言った。「なにかできることはあるかもしれない」

けっきょく、どんなことができそうかを考えだしたのはマックだった。でも、実行するのはぼくになりそうだ。うまくいくとはかぎらないけれど。

あくる朝、ぼくたちに朝食をはこんできたとき、ミセス・シェパードは水もれに気づいた。階段《かいだん》をおりてくる靴《くつ》の音がした。その音がちょっと止まったかと思うと、またコツコツ鳴った。ぼくの見た、壁《かべ》から水道管《すいどうかん》がつきでているところに歩いていく足音だ。

ドールハウスのほうに向かってきたミセス・シェパードは、ぼくたちに食べ物をわたすために屋根をもちあげた。

いつもの「おはよう、ラムキンちゃんたち」ではなく、こんなふうに言った。「ラムキンちゃんたち！　トラブル発生よ。水道工事屋さんに来てもらわなくちゃいけないの。あなたたちにも迷惑《めいわく》でしょうけど、早く行って電話してこないと」おろおろと不安そうな声。今まで見たことのないまごつきようだ。いいぞいいぞ。ぼくはこっそりタニヤに合図した。ミセス・シェパードがまごついているというのは、うまくいく前ぶれだ。

朝食は大きなパンケーキで、小さく切ったのがシロップにどっぷりつかっていた。でも、食べておいしそうな顔をしたのは、ルルとピッピだけだった。

タニヤはぜんぜん手をつけていない皿を押《お》しのけて、テーブルに身を乗りだした。目が興奮《こうふん》できらきらしている。「いつやるの、カイル？」

「今すぐ。いちかばちかでやってみて、ミセス・シェパードがすぐに気づかないことを祈《いの》るしかない」

ぼくのあとについて、みんながぼくの寝室《しんしつ》に入ってきた。

ぼくはまっさらの油絵の具を一本選《えら》んだ。色はスカーレットレーキという名前のついた赤。筆はいちばん太いのを使うことにした。タニヤにはパレットとリンシードオイルをもってもらって、ぼくたちはリビングルームにもどった。

みんなの見ている前で、ぼくはパレットの上にチューブから絵の具をたっぷりとしぼりだし、オイルをくわえて、プラスチックの棒《ぼう》でかきまぜた。絵の具はねっとりとやわらかい。ぼくはその強い刺激臭《しげきしゅう》を吸《す》いこんだ。においといっしょに思い出がよみがえった。画廊《がろう》の中の絵画教室。

ところせましとおかれたイーゼル。いろんな色の絵の具がついた、古ぼけた白いシャツを着たリチャード先生。先生は毎日、セーターの上にあのシャツをはおっていた。夜、家に帰るときは、それをコートかけにかけていたっけ。

マックがコーヒーテーブルを動かしておいてくれたので、ぼくはその上に乗った。これで壁《かべ》のいちばん高いところに手がとどく。ミセス・シェパードは食事をもってきたとき、いつもこの壁のすぐ外に立って手をのばす。直接《ちょくせつ》ミセス・シェパードの目には入らない壁だ。

タニヤが絵筆にたっぷり絵の具をつけて、ぼくにわたしてくれた。

思いっきり大きな文字を書くぼくの手は、落ちついていて安定している。

たすけて。

ミセス・シェパードにゆうかいされた。この家にとじこめられている。

絵の具はいっぱい使った。チューブが一本からっぽになると、マックがビリジアングリーンをもってきた。ぼくはその明るい緑色をパレットの反対側《はんたいがわ》にしぼりだした。

マクナマラ・チャン

タニヤ・ロバーツ
ループ・サンチェス
カイル・ウィルソン

「ジョンは？」タニヤが静《しず》かな声できいた。

そして、ランプブラックの絵の具にひたした筆をさしだした。ぼくはそれで**ジョン・ポンダレーリ**と書いて、そのあとに小さく**（死去）**とつけたした。

「これでいい？」ぼくはぼろ布《ぬの》で手をふいた。古くなったビクターのTシャツみたいだ。

「ありがと」タニヤの目には涙《なみだ》がうかんでいた。

「ピッピの名前がない。ピッピの名前がない」ルルが泣《な》き叫《さけ》ぶので、ぼくはいちばん下に犬の名前も書きくわえた。ルルの命令《めいれい》で**チャンプ**もつけた。「ピッピにだって名字《みょうじ》があるんだよ」とルルはぼくに言った。

みんなの名前の前に立って、ぼくは考えた。水道工事屋さんは気づいてくれないだろうな。たとえ気づいたとしても、信《しん》じてはくれないだろう——。でも、ぼくたちは必死《ひっし》だった。だめでもともとじゃないか？

タニヤは鼻にしわをよせた。「絵の具のにおいが充満《じゅうまん》してるね、ここ。ちょっと窓《まど》をあけなくちゃ……なーんちゃって。冗談《じょうだん》よ、冗談」そう言ってから、タニヤは目を見ひらいた。「カイル！　あのひと、屋根をもちあげたらすぐ、においに気づくわ。やだ、たいへん！　あちこち調べて、あっというまに見つけちゃうよ、わたしたちがなにをしたか」

「だれか、どうしたらいいか考えて、早く」ぼくは泣《な》きついた。

「またまねっこ側転《そくてん》しようか？」ルルが言った。「せりふも言えるよ」

「いいのよ、ルル」タニヤはルルのほっぺたをなでた。「あの作戦《さくせん》はもう使えないから」

「そうだな」マックが言った。「カンバスをひとつはこびだすから、手伝《てつだ》って。いちばん大きいのがいい。タニヤは絵筆と絵の具をもっともってきてくれる？」

ルルが口をとがらせた。「あたしもなにかしたい」ぼくはルルのあどけない顔をちらっと見た。そして、ルルはみんなといっしょに遊んでいるつもりなんだということに気づいた。

「じゃ、絵筆はルルがもってきて」ぼくは言った。「でも、急がなくちゃいけないんだよ」

ぼくたちはメッセージを書いた壁《かべ》と向かいあった壁の前に椅子《いす》を三つならべて、その上にカンバスをのせた。もしミセス・シェパードが屋根をもちあげるのにいつもの場所に立ったら、ちょうど目に入る壁だ。ぼくはこの〝もし……したら〟っていうのが大きらいだ。タニヤとぼくがいつもぶちあたる〝どうにかして〟っていう難関《なんかん》といっしょで、考えただけでこわくなる。でも、そんなことであきらめてなんかいられない。

ぼくはやっきになって絵の具をチューブからしぼりだした。そのあいだもずっと、石の階段《かいだん》をおりてくるミセス・シェパードの靴《くつ》の音に耳をすましていた。バーントアンバーという名前の赤茶色。バーミリオンという名前の朱色《しゅいろ》。パレットの上には、いろんな色の小さな山ができていく。ルルが自分もやりたいというので、タニヤが手をかしてやっている。ふたりがまだチューブを押《お》しつぶして絵の具を出しているうちから、ぼくはカンバスに線やら丸やらわけのわからない形やらをかきなぐっていた。黒い瞳《ひとみ》が縦《たて》一直線になったネコみたいな目。すみっこには小鳥。とにかく絵の具をぬりたくる。それも、うんとたくさん。かきながら、ずっと聞き耳をたてていた。

「すっごくいいこと思いついたね、マック」タニヤが言った。「うまい、うまい」

タニヤがマックの腕《うで》にさわるのを、ぼくは横目でちらりと見た。それからすぐ、タニヤは息をこらして言った。「みんな、ふだんどおりにしてるのよ。来たよ、あの女が」

「手は止めるな、カイル」マックが声をひそめて言った。「その調子でかきつづけろ。それでおばさんは、まずそっちに気をとられる。じっと見て、うれしくてわくわくする」

カッカッカッ。いつものハイヒールだ。色はスカーレットレーキかランプブラックだろう。

「みんな！　カイルの絵に見とれるんだぞ。反対側《はんたいがわ》の壁《かべ》は見るな」マックが声をひそめて言った。

「わかった、ルル？　ルルの名前がかいてあるほうは見ないんだよ」

ルルはこっくりうなずくと、親指を口につっこんだ。

ぼくはポケットに手をすべりこませて、ジョンの石をなでた。そこにいるか、ジョン？　ぼくたちのこと、見守ってくれてるか？

タニヤはルルをだいた。マックとぼくはだまったまま肩《かた》をよせあって、屋根があくのを待ちかまえた。

16

「あら、まあ、カイル！ また絵をかきはじめたのね。すごくおもしろい絵じゃない！」

ぼくの耳の奥《おく》では、血がどくんどくん音をたてていた。もっとよく見ようと、シェパードのおばさんはリビングルームの上からのぞいている。もっと身を乗りだしてのぞきこんだらどうしよう？　壁《かべ》に書いてある文字に気づかれてしまったら？　でも、だいじょうぶだった。

「ごめんなさいね、じゃましちゃって」ミセス・シェパードは言った。「でも、水道工事屋さんがすぐ来るっていうから、ちょっと移動《いどう》してもらわなくちゃいけないの。つづきはまたあとで、ってことで、いいわよね、カイル？」

ぼくはうなずいた。「もちろん」

ミセス・シェパードはまずぼくをすくいあげた。手袋《てぶくろ》をはめた大きな手でしっかりにぎられて、さっともちあげられると、おなかの中身だけがぬけ落ちたみたいな感じになる。毎度のことながら、これだけは何回やられても、慣《な》れることができない。

ミセス・シェパードはカツカツと靴音《くつおと》をたてて、自分の住まいに上がっていった。

「さあ、ついたわよ」ミセス・シェパードは言った。「だいじょうぶ。そんなに長くはかからないから」

つやつやした木製《もくせい》の箱がちらっと見えた。ブラインドみたいに羽根板《はねいた》がならんだ、ドーム形《がた》のふたがついている。ミセス・シェパードはそのふたをぱかっとあけて、ぼくを箱の底《そこ》においた。ふたがしまり、鍵《かぎ》がかけられて、ぼくの体にしましまの光と影《かげ》が落ちた。

箱の中はけっこう広い。歩いてみると、縦《たて》が十八歩、横が十四歩ぶんあった。ぼくは助走してジャンプした。少し足首の力がぬけた。とびあがっても、ブラインド状《じょう》のふたにはとても手がとどかない。

ミセス・シェパードは次にマックをつれてきた。マックの声が聞こえる。「水道工事屋さんにドールハウスを見せられますね。楽しみでしょう?」

「ええ、マクナマラ」ミセス・シェパードはこたえた。「ありがたいことよね。工事屋さんもよろこぶでしょう。クーパーさんっていう男のひとなの。電話では、とっても感じがよかったわ」

「きっと感心しますよ、シェパード博士《はかせ》がどんなにじょうずにドールハウスの水道設備《せつび》を作ったかを見たら」マックは言った。「見とれちゃうでしょうね」

頭いいじゃん、マック。ぼくは思った。その調子、その調子。

マックはぼくの横におろされた。ふたがしまって、鍵《かぎ》がかかる音がした。「ジョンのかんおけより大きいだけでも、ちょっとはましかな」マックはつぶやいた。

「ぼくのこと、押《お》しあげて」ぼくは言った。「鍵がかかってるのはわかってるけど、とどくかどうかだけでもたしかめておこうよ。ふたの羽根板《はねいた》が一枚《まい》こわせたらなあ」

マックの肩《かた》の上に立って、ぼくは細長いすきまに指をさしこんでみた。指が入れば、とっかかりができる。でも、板と板のすきまはせますぎて、こんなに小さな手でも入らない。

「みんなで方法《ほうほう》を考えよう」ぼくは言った。「ここから出られるんだったら、そのほうがいい。四人いっしょに出て、かくれよう。ぼくたちの書いたメッセージに、水道工事屋さんが気がつかないってこともあるから。もし気づいてくれたとしても、助けが来るまではどこかにかくれていたほうがいい」

「そのほうが安全だもんな」マックが言った。

マックもぼくも、ミセス・シェパードが秘密《ひみつ》をばらされたらどんな危険《きけん》なことをするか、わかっていた。最初《さいしょ》にするのは証拠隠滅《しょうこいんめつ》だろう。ぼくたちみたいな証拠を隠滅するのは、たやすいことだ。ぼくはぶるっと身ぶるいした。

「おりて」マックがささやいた。「おばさんがもどってくる」

次に入ってきたのはタニヤだった。タニヤがルルをだいて、ルルがピッピをだいていた。

ふたがあくたびに、箱の中に光があふれた。天井《てんじょう》に見えるのは扇風機《せんぷうき》の羽根と、チューリップ形《がた》のピンクのガラスのかさが三ついた、時代おくれの照明器具《しょうめいきぐ》だ。ここはミセス・シェパードの寝室《しんしつ》かもしれない。最初《さいしょ》に家の中をひととおり案内《あんない》されたときには、気がつかなかった。

ふたがしまった。これで三回め。たぶん最後だ。鍵穴《かぎあな》にさしこまれた鍵が、またくるりとまわった。

「こんなとこにいるの、いや」ルルはべそをかいた。

タニヤが言った。「だいじょうぶ、ほら、わたしがいるじゃない」

上のほうでミセス・シェパードの声がする。ふたのすぐ近くだ。おおいかぶさっているらしく、箱の中がさっきよりいちだんと暗くなった。「クーパーさん、予定より長くかかるようだったら、あとでおやつと飲み物をもってきてあげる」

ミセス・シェパードが出ていく音は聞こえなかった。敷物《しきもの》の上では足音がしないのだ。

「クーパーさんが目のいい、頭の回転のはやいひとでありますように」タニヤが言った。

「なんでミセス・シェパードはあたしたちのこと出してくれないの？」ルルは泣《な》き声になった。

「おねがい、ミセス・シェパード！　おいてかないで！」

「もう行っちゃったわよ、ルルちゃん」タニヤはルルをなぐさめた。「でも、ちゃんともどってくるから、だいじょうぶ」

「こわい、こんなとこ」ルルは泣きじゃくった。

「そんなにこわくなんかないってば。ほら、見てごらん。みんな、しましまもようになってるでしょ？　シマウマみたいね。ルル、シマウマって見たことある？」

だれもなにも言わない。きっとみんな、だまって心の中で祈《いの》っているんだろう。クーパーさんが目のいい、頭の回転のはやいひとでありますように。

「みんなで手をつないで輪《わ》になろう」と言ってから、ぼくはつけくわえた。「ピッピもだよ。ピッピの前足、つかめるだろ。いい、ルル？」

「あのひと、修理《しゅうり》がはじまる前にドールハウスを見せると思う？　それとも、終わったあとかな」タニヤがぼくにきいた。

「あとだね」マックとぼくが同時に言った。

「字が書いてあるのに気がつくかな？　ね、カイル、おねがい、気がつくって言って。もし見てくれなかったら――」

「だいじょうぶ」ぼくは言った。「あれが見えないなんてこと、まずないね」でも、あのひとのほうが先に気づくんじゃないか？　ぼくはそう思ったけど、口に出しては言わなかった。あのひとは、うまいいいわけを思いつくだろうか。それとも、どうにかして、水道工事屋さんの目につかないようにかくしてしまうだろうか。おまけに、もっと心配なことがある──水道工事屋さんが真《ま》に受けてくれるか、それとも笑《わら》いとばしてしまうかという点だ。

せまい箱の中、みんなが呼吸《こきゅう》する音まで聞こえる。

「ルル？　なにか歌ってあげようか？」タニヤが言った。

「うん」蚊《か》の鳴くような声だった。「愛《あい》の歌、うたって。だっこして」

「いいよ」タニヤはルルをだきよせて、歌いはじめた。そっと、ささやくような声で。

世界は愛をもとめてる
やさしい愛を

ピッピはぼくのわきに寝《ね》そべっている。ぼくはピッピのあたたかい頭をなでてやった。かわいそうに、この小さな犬もぼくたちとおなじように、わなにかかってしまったのだ。ふつうの大きさのひとが見たら、ピッピはどれくらい小さいんだろう。ネズミくらいかもしれない。子犬用のビスケットに足がはえたようなもんだ。

タニヤは歌うのは得意《とくい》じゃないと言っていた。たしかにそのとおりだ。でも、歌詞《かし》はいい。今まで歌詞なんか気にしていなかったけれど、よく聞いてみるとほんとうにいいことを言っている。だけど、ひと口に愛《あい》といっても、中身はいろいろだ。おかあさんがぼくを思う気持ちと、ぼくがおかあさんを思う気持ちは愛。ほんものの愛。そして、ミセス・シェパードがぼくたちを思う気持ちも愛。狂《くる》った愛。

タニヤが歌いおわると、またあのおそろしく不気味《ぶきみ》な沈黙《ちんもく》がおそってきた。

「もうすぐみんな家に帰るんだから」ぼくはほんとうに自信《じしん》があるみたいな言いかたをした。

「ここから出たらなにをするか、ひとりずつ発表しようよ」

「まずは熱《あつ》い熱いお湯のシャワーだな」マックが言った。

「排水口《はいすいこう》に吸《す》いこまれないでよ」とタニヤ。

「うん、そうだな。やっぱりシャワーはふつうの大きさにもどるまで待とう。よし、じゃ、これだ。トリプルサイズのハンバーガー一個《こ》とフライドポテトをふたつ買う」

「それから、本を書きあげる」ぼくは言った。

「今書いてるのも、次のも」マックはかすかに動揺《どうよう》するそぶりを見せた。「おふくろにささげる作品だな。昔のアイルランドの叙事詩《じょじし》を知ってるひとはあんまりいない。神秘的《しんぴてき》なんだよ、自然《しぜん》の猛威《もうい》と美しさにあふれていて。名前を聞いただけでもびっくりするよ。フィナベアと、黒っぽいグレーのマントに赤い刺繡《ししゅう》のついたチュニックをつけたコーマック・コンロンガス。ふたりは追放《ついほう》されたウイスリウの息子《むすこ》でね」マックは遠くを見るような目になった。ぼくたちの知らない時代と場所を見つめているみたいだ。それから首をふってにっこり笑《わら》った。「よし。ここを出たら書くぞ。野球をするとしても、そっちは趣味《しゅみ》だ。この順序《じゅんじょ》が入れかわることはない。こんな苦境《くきょう》を通りぬけたということには、なにか——」

「くきょうってなあに？」ルルがきいた。「あたしも通りぬけたの？」

「いやなところで、ひどい目にあうことよ」タニヤがこたえた。「わたしたちみんな、そういう目にあったでしょ」

あった、と過去《かこ》の形になっているのが、ぼくにはうれしかった。なんだか、いやなことはもう終わったみたいだ。

「そういうこと」マックがしめくくった。「じゃ、次はタニヤ」

「わたしもおんなじ。ハンバーガーとフライドポテト」

「でも、その前にたこあげにいくんだよね、タニヤ？」ルルはとがめるような声になった。「いちばん先にたこあげするって言ったじゃん」

「するよ。雲とお日さまの光がいっぱいで、いい風の吹《ふ》いている日に。たこあげにぴったりの日にね」

　ぼくたちはじっとすわっていた。みんなそれぞれ、その日を頭に思いえがいて、たまらない気持ちになっているみたいだ。沈黙《ちんもく》をやぶったのはタニヤだった。「それから、みんなでハンバーガーとポテトを食べにいこう」タニヤはうつむいてルルの頭のてっぺんにキスした。

「それから？」ぼくは静《しず》かにきいた。

「わたしのバイオリン、返ってくるかな？」

「返ってくるよ」ぼくはタニヤの手をぎゅっとにぎった。一瞬《いっしゅん》、タニヤもにぎりかえしてくれたように思った。いまいち、自信《じしん》はないけれど。

「すっごくすてきなバイオリンなのよ。深みのあるいい音色《ねいろ》なの。もともと、おかあさんのだったんだけどね。おかあさん、うっとりするくらいじょうずだった。おかあさんがわたしに残《のこ》してくれたのはバイオリンひとつだけ。里親の家を三回変《か》わったけど、それだけはいつもいっしょだった」タニヤはほんのしばらく口をつぐんだ。「シェパードのおばさんに、奨学金《しょうがくきん》でジュリアードに行けるって言われて」タニヤはそこでしゃべるのをやめて、ルルに説明《せつめい》してやった。「ジュリアードって、有名な音楽学校なの。うんとじょうずになるために、お勉強するところ」

　ルルはうなずいた。「ジョンが行こうとしてた学校みたいな、もっともっとじょうずに歌えるようになれるところでしょ」

「そうそう」タニヤが言った。「シェパードのおばさん、コネがあるって言ったの。だから、わたしを入れてあげられるって。弾《ひ》くのを聞いただけでわかる。わたしには『うずもれた才能《さいのう》がある』なんて言っちゃって」

「タニヤだったらコネなんかなくたって入れるさ」マックが言った。

そのせりふはぼくが言いたかった、と思った。

「やってみるつもりよ、二年くらいしたら」タニヤは夢見《ゆめみ》るような声になっている。「ジュリアードにはおかかえのオーケストラがいるのよ。生徒《せいと》はときどき、リサイタルも開くの。去年の春、ジョン・アダムズ祭のときは、ニューヨークのリンカーン・センターでやったんだって。ビリー・リーが言ってた」

「ビリー・リーって？」

「わたしがサンタクルーズで出会った音楽マニア。ばかもいいところだよね、わたし」タニヤはつづけた。「シェパードのおばさんがいろいろコネがあるみたいなこと言うのを聞いて、どこにでもいっしょについていく気になっちゃったんだから」

「タニヤにならきっとできるよ」ぼくはつぶやいた。こんどはマックより先に言えた。「それに、なにもかも終わってここから出たら、ぼくたちは有名人だよ。そんなのって、考えたことある？小説《しょうせつ》が書けちゃうね、マック。出版社《しゅっぱんしゃ》がみんな競《きそ》ってマックの本を出したがるんじゃないかな。

ここで書いた本も、この次に書く本も」

「いいねえ！」マックが大きな声で笑《わら》った。

「それからタニヤには、ジュリアードのほうから、ぜひ来てくださいってたのみにくるよ」ぼくは片手《かたて》をあげて、新聞の見出しを指で追うまねをした。「誘拐《ゆうかい》された若《わか》き天才バイオリニスト。つらい体験《たいけん》のあいだも守りぬいたバイオリン！」

「バイオリンを守りぬいたのは、わたしじゃなくてシェパードのおばさんだけど」

「でも、タニヤはずっと心の中で弾《ひ》いてた」ぼくはやさしく言った。タニヤの指がぼくの手をつつむのが、こんどははっきりと感じとれた。

「まずはここから出ないとね」タニヤの声はふるえていた。

「あたしはシャーリー・テンプルになれる？」ルルがきいた。

「ううん。ルルはループ・サンチェスのまま。めちゃくちゃダンスのじょうずな、すばらしい子役になれるよ。ルルがそうなりたいんだったらね」ぼくはつけくわえた。

ルルは両手にあごをのせた。「あたし、サーカスでお馬さんに乗ってる女のひとになりたいんだ。ほら、ぴかぴか光るものがいっぱいついた服を着てるひと、いるでしょ？」

「じゃ、そのひとになるといい」ぼくは言った。

「カイルは？」マックが長い脚《あし》をいっぱいまでのばすと、前かがみになって手でつま先にさわった。

「うん、ぼくも好《す》きなことをする。絵をかくかな。もしかすると、どこかで奨学金《しょうがくきん》をもらうかもしれない。そのうちね。先のことなんてわからないけど」

タニヤはまだぼくの手をにぎっている。

そのとき、マックが言った。「考えてみたら、おれたちはうずもれた才能《さいのう》があったから、シェパードのおばさんに誘拐《ゆうかい》されたわけだ……つまりあのひとは芸術《げいじゅつ》の後援者《こうえんしゃ》」

「へえ、そうなんだ」タニヤがため息をついた。「後援者にもいいひとと悪いひとがいるってことか」

「やっかいなひともね」ぼくはつけくわえた。

「でも、あたしはまずママにだっこしてもらう」ルルが大きな声で言った。「たこあげの日より前に。何回も何回も、だっこしてもらうんだ」

みんな、もうなにも言うことがなくなったみたいだ。おしゃべりをしたおかげで、少し楽観的《らっかんてき》になれた。でも、ここにとじこめられていることに変《か》わりはない。自由になれるかどうか、生きていられるかどうかは、クーパーさん次第《しだい》だ。わきあがる恐怖《きょうふ》に、ぼくの口の中はからからになった。足首が痛《いた》い。あの小児用《しょうによう》アスピリンがもっとあればよかったのに。

マックがくしゃみをした。二回つづけて。「ほこりっぽいな、ここ。っていうか、へんなにおいがする。それに、空気がうすい」

「まさか」タニヤが言いかえした。「空気はじゅうぶんあるよ」そう言いながらも、小さくあえぐように息を吸《す》っている。

「みんな、パニックにならないで」ぼくは言った。「もうすぐ出られるからね」

ちょうどそのとき、どこか遠い遠いところから、かすかに玄関《げんかん》チャイムの音が聞こえた。

「水道工事屋さんだ」タニヤがささやいた。

ぼくはとびあがった。そして、言った。「みんな、大声で叫《さけ》んで。大きな声でわめいて！」

ぼくたちは思いっきり声をはりあげた。ピッピもワンワンほえまくった。ぼくは耳がおかしくなった。シェパード家の玄関はどれくらい先にあるんだろう？　ぼくたちのかぼそい声がとどくだろうか？

絶叫《ぜっきょう》するのをストップして、ぼくたちは静《しず》けさの向こうに耳をすました。男のひとがドタドタとミセス・シェパードの寝室《しんしつ》に入ってきて、しゃがれた大きな声でこう言うんじゃないかと、聞き耳をたてた。「なんだ、今の？　なにか聞こえたな。その箱に、なにが入ってるんですか？」

でも、どこからも物音ひとつしない。

17

「でも、水道工事屋さんはまだドールハウスのところまで行ってない。壁《かべ》を見てない」ようやくタニヤが口をひらいた。「つまり、わたしたちはまだ切《き》り札《ふだ》を出してないってことよ」

ぼくたちのどなり声とピッピのほえる声は、まだとざされた空間にこだましている。

「じっとすわって待ってるだけじゃだめだよ」ぼくは言った。

タニヤの声は小さくなっている。「計画どおりにいかないときのことを考えろってこと？」

ぼくは聞こえないふりをきめこんだ。

「カイルがふたをこわそうとしたけど、できなかったんだよね」タニヤは言った。「でも、わたしの指のほうが細いから、もしかすると、すきまに入るかもしれない」

タニヤはマックの肩《かた》の上に立った。爪《つめ》で木をひっかく音と苦しそうな呼吸《こきゅう》の音が聞こえたかと思うと、タニヤの声がした。小さな、かぼそい声だった。「ひっぱって！　みんな、わたしの脚《あし》ひっぱって」

三十秒くらいたっただろうか。タニヤははあはあ息を切らしながら言った。「オーケー。もういいわ。やっぱりむりみたい」

ぼくはタニヤがおりるのに手をかした。そのとき、タニヤが軽くこぶしをにぎっているのに気づいた。

「ちょっと見せて」ぼくはタニヤの片手《かたて》をつかんで、指を押《お》しひろげた。

タニヤは手をひっこめようとした。「なんでもないって」

ぼくはそっとタニヤの指をひらかせた。三枚《まい》の爪のまわりから血がにじみでている。ちらっとタニヤの顔を見てから、ぼくはもう一方の手をもちあげた。爪が一枚、はがれかかっていた。ぎざぎざになった爪からも、血が出ている。

「タニヤ」ぼくはささやくような声で言った。

「だいじょうぶ。たいして痛《いた》くないし」タニヤは口を一文字《いちもんじ》にむすんだ。

「痛いよ、これは」ぼくは言った。

ルルがしくしく泣《な》きだした。「タニヤ。どうしたの、タニヤ。見せて」

「なんでもないの」タニヤは言った。

ぼくたちは箱の底《そこ》にどさりとすわりこんだ。

ぼくたちはここにいる。ここから出ていない。まだ出ていない。クーパーさんがぼくたちを救《すく》い出しに来てくれるまで、出られない。救い出しに来てくれないかぎり、出られない。

それからあと、ぼくたちはあまりしゃべらなかった。ななめにさしこむ光の中で、輪《わ》になってすわったまま、耳をそばだてていた。

「クーパーさん、今なにしてるのかな」タニヤが言った。指先の傷《きず》をこっそりなめている。

「水道の元栓《もとせん》をしめて」マックが言った。「水道管《すいどうかん》のこわれたところをとりかえてるんだよ。それがすんだら、もういちど水を出してみて、もれてないことをたしかめる」

またしばらくのあいだ、ぼくたちは痛《いた》いほどの静《しず》けさの中にすわって、耳をすましていた。

ただすぎていく時間。

それが、ものすごく長く感じられる。

「ミセス・シェパード、おやつもってこなかったね」ルルが泣き声で言った。「あたしたちがここにいるの、わすれちゃったのかな？」

「しーっ。いい子だから」タニヤが小声で言った。「わすれてなんかいないよ」

ときどき、だれかが立ちあがってはのびをして、行ったり来たりする。

そして、聞き耳をたてる。

ピッピはすみのほうに三回、おしっこをしていた。「いいんだよ」ぼくたちはピッピに言った。

「クーパーさん、もしかするとわたしたちのメッセージを見つけて、警察《けいさつ》を呼《よ》ぼうとしたんじゃないかな。で、おばさんに古い水道管《すいどうかん》のきれはしで頭をなぐられたとか」タニヤが言った。「あのひとなら、それくらいのことすると思う」

「もしかすると、クーパーさんのことが大好《だいす》きになって、レモネードとクッキーをあげてるのかもよ」ルルが言った。「あたしたちのおやつの」

ぼくは首を横にふった。「まさか！　ね、ルル？　せっせっせ、しようか？」

「ううん」ルルは言った。「今はしたくない」

気がつくと、なんだか息が苦しい。ぼくは、空気はすきまからじゅうぶん入ってきている、と自分に言い聞かせた。箱がだんだん小さくなっているだなんて、ありえない。ぼくは立ちあがって少し走った。汗《あせ》でじっとりしてくるまで走ってから、すわりこんだ。のばした脚《あし》がタニヤの脚にふれた。くっついている必要《ひつよう》などない。動こうと思えばいつでも動ける。でも、ぼくはじっとしていた。

「ルル、寝《ね》ちゃった」タニヤが声をひそめて言った。

「よかった」考えていたことがそのまま口をついて出た。「それにしても、シェパードのおばさん、なんでルルみたいに小さな子をつれてきたんだろう。ルルはあのひとの行動パターンにはあてはまらないのに」

「ルルが聞いた話じゃ、あのひとはずっと小さなかわいい女の子がほしかったんだと」マックがうんざりしたように言った。「で、がまんできなくてつれてきちまったらしい」

疲《つか》れきって、もうまっすぐすわっていられない。ぼくたちはだらりともたれあった。

「犬でつったんだ」マックはつづけた。「犬と、それからふうせんね。ロサンゼルスのお祭り会場で、車の中にピッピをおいといて、きれいなふうせんはほしくないかとか、かわいい犬に会いたくないかとか、ルルに声をかけた。ルルはまるで子羊みたいにおとなしくついていった。で、ラムキンにされちまったってわけ」

タニヤはルルの巻《ま》き毛《げ》を手のひらでなでつけた。ルルは眠《ねむ》そうにもごもご言った。

ぼくはにぎりこぶしで床《ゆか》をたたいた。「なんでシェパードのおばさんはつかまらないんだ？どうして？」

「だから、あのひとはかしこいんだって」マックが言った。「毎回場所を変《か》えてたしね。だれもあんな感じのいい女のひとを、うたがってかかったりしないだろ。理由もなしに。動機《どうき》だってないしさ」

「それにもちろん、死体だってないし」タニヤが言った。「ティーンエージャーだと、まず家出じゃないかって思われるんじゃない。まあ、わたしの場合は実際《じっさい》にそうだったんだけど。ルルのときはみんな、いっしょうけんめいさがしただろうね」

「でもどうして――」ぼくは言いかけた。そのとき、寝室《しんしつ》のドアがあく音が聞こえた。

「大声で叫《さけ》んで！　さっきみたいに！　きっとクーパーさんだ」ぼくはあたふたと立ちあがった。

みんな、ぎゃーぎゃー声をはりあげはじめた。

「助けて！　助けて、クーパーさん！　ここだよ、箱の中だよ！」

ルルも目をさまして、おっかなびっくり金切《かなき》り声《ごえ》をあげた。

でもそのとき、箱の外でかみなりのような音がしはじめた。低《ひく》くとどろくような音が、だんだん大きくなっていく。おなかをすかせた野生動物のようにも思える。でも、ぼくたちにとってはもっとやっかいな相手だとわかっていた。

ぼくは両手で耳をふさいだ。ピッピがわんわんほえている。ルルの叫び声はもう悲鳴に変《か》わってきた。

失敗《しっぱい》だ。

ミセス・シェパードが来てしまった。

ほんのしばらく、あたりはこわいくらいしんと静《しず》まりかえっていた。それから、ミセス・シェパードは箱をゆさぶりはじめた。ぼくたちは嵐《あらし》にのみこまれた船の乗組員《のりくみいん》みたいに、前後左右にころがった。よろめいてはたがいにぶつかりあい、すみっこで重なりあった。

かちゃりと鍵《かぎ》の音がした。

ふたがあいた。ぼくたちは急いで立ちあがった。光がまぶしくて、みんな目を細めている。

ミセス・シェパードは前かがみになって、ぼくたちを見おろした。かんかんに怒《おこ》って、顔がこわばっている。あんまりすぐそばにいるので、にきびのあとまで丸見えだ。赤い髪《かみ》の根っこのところが白い。まぶたに緑色をしたきらきら光るものがついているのも見える。

「あなたたちのせいで、きょうはたいへんな目にあうところだったわ」はげしい怒《いか》りで声がふるえている。「なんてことするのよ！　よくもあんなことしてくれたわね！」ミセス・シェパードは息を吸《す》いこんだ。気持ちをしずめようとしているのだろう。でも、ぼくは落ちついてはいられなかった。

次に口をひらいたときには、ミセス・シェパードの声は不気味《ぶきみ》なくらいおだやかになっていた。

「よかったわ、クーパーさんに見せる前に、ベッツィーとブリトニーとビクターとブライアンをドールハウスに入れておいて。あのお人形たちは、うちのいい子だから。あなたたちのしたことを見てわたしがどんなにぞっとしたか、わかる？　筋書《すじが》きを考えたのはきっとあなたよね、カイル？」

「みんなで考えました」マックが言った。

「あなたもぐるだったの、マクナマラ？　今まで、あんなにいろんなことしてあげたのに？　飼《か》い犬に手をかまれるとはまさにこのことだわ。恩知《おんし》らずもいいところよ」

「ミセス――ミセス・シェパード？」泣《な》きじゃくっていたルルが、涙《なみだ》をこらえて息をつまらせた。「おねがい、ミセス・シェパード。もうもどっていい？　ここ、いやなの」

「だめ」シェパードのおばさんは言った。「みんな、こんどばかりはやりすぎよ。マグナスのすばらしいドールハウスを、クーパーさんに見せることもできなかったじゃない。せっかくのチャンスだったのに。マグナスだって、ほめてもらえたのに」

「いいかげんにあきらめたら」タニヤが言った。「マグナスはもういない。し・ん・だ。死んだのよ」

シェパードのおばさんはよろよろっと一歩さがった。

それ以上《いじょう》のことがおこる前にと、ぼくは急いで言った。「ぼくたちのこと怒《おこ》ってるんだろ。でも、ルルはなんにもしてないじゃないか。こわくて、おなかがすいてるだけだよ」

「ごめんなさい。おなかすいてたのね、ルル。今、食べるものもってきてあげる。ほかの子たちは――」まぶたを緑色にぬった目は、まるでコブラみたいに冷《つめ》たい。「もうとても手におえない。だから入れかえることにしたわ」

「入れかえる？　ぼくたちを？」ぼくは息が止まるかと思った。「それって、ぼくたちを追いだして、べつの四人――じゃなくて三人の子どもをつれてくるってこと？　それとも、人形でまにあわせるってこと？」

「そんなこと、きくまでもないと思うけど。このまま出ていってもらうなんてことはできないわ、カイル。わかってるでしょ。あなたたちにはあいにくだけど、わたしにとっちゃ、新しい子どもに入れかえることとくらいわけないのよ」ミセス・シェパードはヘビのような目に負けないくらい、毒々《どくどく》しい笑顔《えがお》を見せた。

ばたんと箱のふたがしまって、鍵《かぎ》をかける音がした。ぼくたちはまた光と影《かげ》の中に立っていた。

「入れかえる？」タニヤが言った。「入れかえる？」

ぼくたちは目をあわせないようにしていた。

「だいじょうぶだよ」思わずぼくはそう言った。でも、内心はもうおしまいだとわかっていた。ぼくはシェパードのおばさんの目と決然《けつぜん》とした声を思い出した。もともと気が狂《くる》っているのだから、もう少し狂ったことをするくらい、あのひとにとってはなんでもないことなのだろう。

ぼくはポケットに手を入れてジョンの石をさぐりあてると、ひとさし指と親指でこすった。元気が出た。最初《さいしょ》に見つけたときからずっと、この石にははげまされてきた。今まではひとりじめしていたけれど、タニヤにももたせてやろう。今こそ、これで元気が出るかもしれない。

「見て！」ぼくは石を手のひらにのせてさしだした。

「なに、それ？」タニヤはぼくのほうを見もしない。

「ジョンの石。ジョンがはいてたズボンのポケットで見つけたんだ、だいぶ前に」

タニヤはルルをおろした。「ジョンのだったの？」血のついた指が、そっと石にふれた。「ジョンの？　なんでもっと前に見せてくれなかったの？」

タニヤはびっくりしてじっとぼくを見た。なぜときかれても、ぼくにはなにも理由はない。

「わからない。なにかかいてあるんだよ。ここじゃ、うす暗くて見えないけど」タニヤと目をあわせたくない一心で、ぼくはどうでもいいことをべらべらしゃべった。「天使の絵みたいなんだ。会ったこともないだれかから、メッセージというか、めぐみがとどいたような気がして。ジョンからだよね。ぼく、毎日もってたんだ、これ。タニヤがほしがるのはわかってた。だけど、どうしても手ばなせなかった」ぼくは肩《かた》をすくめた。「絵でもなんでもないのかもしれないけど、ぼくはずっと天使だと思ってた」

「カイルはね、タニヤがまた悲しむと思ったの」しばらくだまりこんでいたルルが言った。「だから、石をくれなかったんだよ」

「ほしかったのに」タニヤは言った。「ジョンのものだったら。わたし、ジョンみたいないい友だちははじめてだった」

そのとき、マックが言った。「ちょっと見ていい？」

タニヤはマックに石をわたした。

石を手にとると、マックはすきまからさしこむ光にかざした。それを見たとたん、すごいことがひらめいて、ぼくははっと息をのんだ。うまくいくかもしれない。ぼくはへなへなと箱の底《そこ》にすわりこんだ。心臓《しんぞう》がどきんどきん鳴っていた。

「逃《に》げられるよ、マックがいれば」ようやくぼくは言った。「マクナマラ・チャンとジョンの天使がいれば」

18

「マック」ぼくは言った。

「石をにぎってみて。感触《かんしょく》をたしかめてみて」

「いいよ」マックは石を指にはさんでくるくるまわした。「いったいなんのことだか、さっぱりわからないけど」

ぼくは深く息を吸《す》いこんだ。「どう、さわった感じ？　丸いだろ。すべすべしてて、固《かた》いよね。手の中にもぴったりとおさまる。どこかでさわったことがあるような気がしない？　ね？」

「野球のボールか」マックは言った。「少し小さいけどね。ここまで小さいとなかなかコントロールがきかない」

「でも、マックならコントロールできるだろ」

タニヤがはっとしたように言った。「どういうこと、カイル？　ね、なに考えてるの？」

「マック」ぼくはマックにきいた。「聖書《せいしょ》に出てくるダビデと巨人《きょじん》ゴリアテの話、おぼえてる？　ダビデがどうやって巨人をやっつけたか」

マックはゆっくりうなずいた。そのあいだもずっと、石はマックの手をころがり、指のあいだをくぐりぬけている。

「ダビデはぱちんこで石を飛《と》ばした。たしかそうだったと思う」タニヤが息をこらした。

「うん。でも、ぼくたちにはエースピッチャーがついてる。マックの速球ってどれくらいのスピード？」

「時速百四十四キロ。調子のいい日だったらね」マックはこたえた。

「きょうはそれよりもっと調子をあげてもらわないと」ぼくはマックに言った。「いい？　あのひとがもどってくる。で、ふたをあける。そうすると、顔がぼくたちのすぐそばまで来るよね。今までにないくらい近くまで。ホームプレートほどは遠くないよ、マック。キャッチャーミットよりずっと近いはずだよ！　マックにだったらできる。この石を、このボールを投げられる。ミセス・シェパードの額《ひたい》のど真ん中をねらって。直球の剛速球《ごうそっきゅう》で。時速百四十四キロの」

「でも、小さすぎるよ」マックが言った。

ぼくはうなずいた。「鉄砲《てっぽう》の弾《たま》だって小さい」

「すごい！」タニヤは目をつぶった。「うまくいくかもしれない。いきそう」

「もう何カ月も投げてないんだけどな」マックは不安そうだ。

「自転車に乗るのとおんなじだよ」ぼくは言った。「一度おぼえたらぜったいわすれない」

ぼくには自信《じしん》がある。きっといける。

緊張《きんちょう》と興奮《こうふん》で、ルルもすっかり目をさましていた。

「ミセス・シェパードに痛《いた》いことするの？」ルルはきいた。「痛いことしないで」

「みんなが逃《に》げられるようにするだけだよ」ぼくはこたえた。逃げるためには思いきり痛めつけなければならない。でも、そんなことをルルに話して聞かせる必要《ひつよう》はない。

「それでいい、ルルちゃん？　わかった？」

ルルはこっくりうなずいた。

「ちょっと待って」タニヤが手をあげた。ふたのすきまからさしこむ光で、顔の半分が影《かげ》になっている。「マックに、ふためがけて石を投げて、穴《あな》をあけてもらうだけじゃだめなの？　そしたらみんな、むりにでもその穴を通りぬけて出られるじゃない」

「やってみてもいいけど」マックは言った。「でも、穴があかないで、石だけがすきまから飛《と》んで出ちゃったら？　石はなくなる、おれたちはこのまま、ってことになるんだよ」

タニヤはくちびるをかんだ。「それもそうね」

「それに、逃《に》げようとしている最中《さいちゅう》にあのひとがもどってきて、みんなをさっとかき集めて、もとの箱にぽい、なんてことだってある。前にぼくがやられたみたいに」ぼくは言った。

みんな、だまって見つめあった。

「あのひとにはけがをしてもらったほうがいいな」マックが言った。

「賛成《さんせい》？」ぼくはタニヤにきいた。

「賛成」

ぼくはちょっと思案《しあん》した。「ルルは？」

ルルはあどけない顔をしかめてみせた。「タニヤの言うとおりでいい」ルルはぼくに言った。

「タニヤはなんでも知ってるから」

「オーケー」ぼくは自信満々《じしんまんまん》だった。「きっとうまくいくよ、マック。そんな予感がするんだ。いっしょにウォーミングアップしよう。タニヤとルルとピッピは、すみっこのあぶなくないところに行ってて。ぼくはマックの投げる球をキャッチするから」

マックはおそい球を何球か投げた。

「だめだな」ぼくはマックに言った。「もっと強く投げて、マック」

「そっちはミットなしだろ。これ以上《いじょう》強い球を投げたら、指の骨《ほね》が折《お》れちまうぞ」

「もっと強く」ぼくは言った。「練習時間はそんなにないんだよ、マック。あのひとは、もういつもどってきてもおかしくないんだから」

マックは二歩うしろにさがった。「せまいんだよな、ここ」

「しょうがないだろ」ぼくは言った。

火がついたみたいな痛《いた》みで手がうずく。ぼくは手首をぶらぶらふった。

「ちょっとどいて」タニヤがぼくを押《お》しのけた。「マック！　こんどはわたしの番よ！　さあ、投げて！」

「でも、タニヤの指はもう――」

「投げて」タニヤは言った。

ルルがぴょんぴょんはねた。「あたしもやる、マック」でも、ぼくはルルをすみっこにひっぱっていった。「だめだめ、今は。いい子だから、ぼくといっしょにすわってよう」

「おてて痛い、カイル？」ルルはきいた。「ふうふうしたげる」

ルルはぼくの片手《かたて》をもちあげて、ふうふう息を吹《ふ》きかけた。ルルの頭ごしに、マックとタニヤがキャッチボールをしているのが見える。ひと目で、タニヤが手を痛めているのがわかった。球をキャッチする回数より、落とす回数のほうが多い。それでもタニヤは、飛《と》んできた球を毎回、マックに返し、また投げさせている。

「ふうふうしたら、痛《いた》くなくなった？」ルルがきいた。

「うんとましになった」ぼくは言った。

「ピッピになめてもらう？」

「そうだね」ぼくはピッピのほうに手を出した。ぬれた舌《した》が心地《ここち》よかった。

「すごくきいたよ」ぼくはルルに言った。「タニヤもピッピに手をなめてもらうといいね」

マックの動きが止まった。うなだれたまま、球を投げようとしない。

「どうしたの？」ぼくは不安になった。

「ちょっと考えてるんだ。本番のときは上に向かって投げるんだなって」

「ストライクゾーンもいつもの場所じゃないよ、マック。きょうのストライクゾーンはここ」ぼくは自分の目と目のあいだに指をあててみせた。「今まで投げたことがないくらいの剛速球《ごうそっきゅう》をたのむね、マック。ただし、ぴったり頭をねらった危険球《きけんきゅう》だよ。もうこんなチャンスは二度とないかもしれないんだから」

「わかってる」

「腕《うで》、マッサージしようか？」ぼくはきいた。でも、マックは首を横にふった。

「もうすぐ来るぞ」ぼくはひとりごとのように言った。

それまでのあいだ、ぼくたちはまた車座《くるまざ》になった。この数カ月、ぼくたちはどれほど待ったことか。どれほどの期待をいだいたことか。

ルルがタニヤのところにピッピをつれてきた。「ぺろぺろ治療《ちりょう》」

「よくきくよ」ぼくはタニヤに言った。ぼくはなるべく腕《うで》時計を見ないようにした。来ないんだろう
じりじりと時間がすぎていく。ぼくはなるべく腕時計を見ないようにした。来ないんだろうか？　いや、そのうち来るはずだ。

「わたし、思うんだけど、ジョンの石を使うというのはなかなかのアイデアよね」タニヤが長い沈黙《ちんもく》をやぶった。「ジョンもきっとよろこぶよ」

マックは右手から左手へ、左手から右手へと石をほうりなげながら、じっと自分の足を見つめている。

「さっさと来ればいいのに」タニヤが言った。

「来たぞ。聞こえる」ぼくは言った。「用意はいい、マック？」

マックは立った。「よーし」

ちょうつがいで固定《こてい》されたふたがいきおいよくあいた。突然《とつぜん》、箱の中がぱっと明るくなった。くっきりとした、むらのない明るさだ。ミセス・シェパードの顔がぬっとせまってきた。前かがみになって、手にもったなにかを箱の中に入れようとしている。

ぼくの目の前で、マックが投球モーションに入った。ひざを曲げ、大きくそりかえるおなじみ

の姿勢《しせい》から――投げた。

ミセス・シェパードが不意《ふい》うちをくらって声をあげた。ビーチボールの空気がぬける音みたいだった。

口をやぶったクラッカーの袋《ふくろ》が、箱の中にどさっと落ちてきた。

ミセス・シェパードの姿《すがた》が消えた。

箱のふたはあいたままだ。

「急いで」ぼくは言った。「マック、ぼくを押《お》しあげて」

マックの肩《かた》の上に立って、ぼくは箱のへりからそーっと頭を出した。

ミセス・シェパードは敷物《しきもの》の上にあおむけにたおれていた。小さなうめき声をあげている。額《ひたい》からは血がしたたり落ちている。目と目のあいだには、ばっちり赤い傷《きず》がついていた。

その姿を見ただけで頭がくらくらする。気がへんになりそうだ。

ぼくはふりかえって、上を向いているみんなの顔を見おろした。

「命中だ」ぼくは言った。

19

ぼくたちは助けあって箱をよじのぼり、外側《そとがわ》に出て、ミセス・シェパードがたおれている敷物《しきもの》の上へとおりた。

石を見つけたぼくは、ついていた血をふきとって、ポケットにすべりこませた。タニヤが見ていた。ぼくはもう一度石をとりだして、タニヤにさしだした。でも、タニヤは首を横にふった。

「わたしはいらない。これはカイルのよ」

「ふたりのものにしよう」とぼくが言うと、タニヤはにっこり笑《わら》った。

ルルが立ちどまって、ミセス・シェパードをじっと見おろしている。「死んじゃったの？　ジョンみたいに？」

「大急ぎで」「うん」タニヤがルルに言った。「けがしてるだけ。ねんねしてるの」

ぼくはちらりとマックを見あげた。「やったね。大あたり」それからつけたした。「大急ぎでしばりあげて、早く逃《に》げないと」

ぼくたちはバスローブからぬいた腰《こし》ひもをひきずってきた。ベルトとストッキングが椅子《いす》にかかっているのも見つけた。そして、みんなで力をあわせて、まず両足首を、次に両手をしばった。ベルトのバックルをしめるのも、ひもをしっかりだんごむすびにするのも三人がかりだ。ぼくたちはミセス・シェパードのおなかの上に立ったり、あちこちよじのぼったりした。

ミセス・シェパードはぜんぜん動かない。

ぼくはものすごく太い手首をさわって、脈《みゃく》をさがした。あった。ドラムみたいにどんどんうっている。

「だいじょうぶ」ぼくはみんなに言った。「さあ、早いとこ逃げだそう」

むすび目をほどいて、またぼくたちにつかみかかってきたらどうしよう。考えただけで、ぼくはパニックになりそうだった。

「さるぐつわ、かましといたほうがよくない？」タニヤがきいた。

「一か八かやってみる手はあるけど、こわいね」ぼくは言った。「それに、ここで大声を出しても、どうせだれにも聞こえないよ」ぼくはあたりをぐるりと見まわした。「みんな、電話がないかチェックして」

寝室《しんしつ》に電話機《でんわき》はなかった。でも、絵があった。ぼくの絵が！

ショックで、ぼくはぼう然《ぜん》と立ちつくした。あの絵は、シェパードのおばさんが買っていたんだ。自分の家の壁《かべ》にかけていた。それなのに、おめでたいことにぼくは、だれかが画廊《がろう》のショーウインドーに出ているのを見て、気に入って買っていったとばかり思っていた。シェパードのおばさんが買った理由はそんなんじゃない。それも筋《すじ》書《が》きの一部だったんだ。そうすれば、ぼくがここでおとなしく暮《く》らすと思ったのかもしれない。裏切《うらぎ》られたような、にがい思いがこみあげた。

でも、ぐずぐずしてはいられない。ぼくの絵は、この気味の悪い家に残《のこ》していくしかない。いつかかならずとりかえしにくるぞと、ぼくは固《かた》く心にちかった。あんなおばさんに、この絵をもつ資格《しかく》はない。

最後《さいご》にもう一度絵のほうを見てから、ぼくは走りだした。みんなも次々に、あいたままになったドアから廊下《ろうか》へととびだしていく。脱出《だっしゅつ》だ！

ぴかぴかに磨《みが》きあげられた廊下を、つるつるすべりながら猛《もう》ダッシュで走っていると、夢《ゆめ》と現《げん》実《じつ》の区別《くべつ》がつかなくなってくる。あのいまわしい最初《さいしょ》の夜も、ぼくはここでつるつるすべっていた。

ダイニングルームまで来たところで、ぼくたちはスピードを落とした。マックがテーブルの太い脚《あし》に手をあてた。ほんのしばらくのあいだ、ぼくたちはテーブルの上の小さなテーブルを見あげていた。そこにすわることになっていたのは、ミセス・シェパードの次のゲスト。ぼくたちのうちのひとりだ。あんなことが、いつまでつづいていたんだろう。毎週、毎週、ぼくたちが死ぬまで？　それとも、ミセス・シェパードが死ぬまでか？　ぼくは思わず身ぶるいした。タニヤがいつのまにかそばに来ていて、ぼくの手をとった。けがをしていることを思い出して、ぼくはきつくにぎらないようにした。

タニヤは部屋《へや》のすみに立てかけられた、傷《きず》だらけの黒いケースに入った自分のバイオリンに目をやった。

そして、立ち止まって見つめた。

ぼくはタニヤの腕《うで》をひっぱった。「あとにしよう、タニヤ。今は急がなくちゃ」

「むかえにくるからね」タニヤはバイオリンに呼《よ》びかけた。

「おれも、原稿《げんこう》とりかえしにくるぞ」マックが言った。

「あたしのクマさんもつれてきて、マック。ね？」

「わかった」マックは言った。

ぼくは絵をとりもどすぞ。ぼくも心にきめた。

ぼくたちはまた走りだした。

「ここだよ、電話は」玄関《げんかん》ホールからマックの声がした。「でも、ちょっととどかないな。棚《たな》の上にあるんだ、壁《かべ》の高いところの」

棚はガラス製《せい》で、怪獣《かいじゅう》の頭の形をした金色の棚受けふたつにささえられている。

「椅子《いす》をもってきたら」言いかけて、タニヤは首をふった。「それでも、高すぎてむりね」

「くそ」ぼくは言った。「でも、通りのつきあたりの家までだったら走れる。あそこなら、原っぱを横切らなくてもいい」ぼくはミセス・シェパードの金属製《きんぞくせい》の飾《かざ》りものを、ダイニングルームの細長い窓《まど》に思いきりぶつけて、ガラスを割《わ》った。

ぼくたちは自由の身になった。

長い道をみんな、はあはあ、ぜいぜい言いながら走った。もうくたくただった。マックはルルをおんぶしている。ぼくは、途中《とちゅう》ですわりこんでしまったピッピをだいていた。ネリーにもおなじことをしたっけ。みんな、まるで野ネズミみたいにびくびくと、うしろばかり気にしていた。ぼくはほとんど息もできない。あの草ぼうぼうの原っぱで、もう少しで逃《に》げきれそうだったときのことが、頭の中をぐるぐるとかけめぐった。太陽の光をあびてきらきら光る植木ばさみ。虫とり網《あみ》。ぼくたちとおなじくらい小さな生き物が、かさかさ音をたててすぐそばの細長い草の葉をゆすった。ぼくはちぢみあがった。追いかけてきているんだろうか。でも、あたりはしんとしている。

ぼくはおかあさんのことを考えた。ぼくに会ったらどんな顔をするかな。だけど、ぼくはこんなに小さい。おかあさんはどう思うだろう。そうだ。最初《さいしょ》にこう言ってあげよう。「ずっとこのままじゃないよ、おかあさん。じきにもとの大きさにもどるから」ぼくはなんとか気持ちを落ちつけようとした。

もう夕方だ。めざす家と木々の向こうに、太陽がしずみかけている。まだ家に明かりはついていないけれど、なんとなくいいひとが住んでいそうだ。親しみやすくて、あったかそうな感じがする。ぼくたちは白い木の門の前の、芝生《しばふ》の上で立ちどまった。玄関《げんかん》ステップに小さな自転車が立てかけてあった。大きくはりだした樫《かし》の木の枝《えだ》に、ぶらんこがぶらさがっている。

「なんだか涙《なみだ》が出てきちゃう、あんまりふつうすぎて」タニヤが泣《な》き声になった。門はしまっていた。かけ金が高いところについている。マックがしがみついてよじのぼった。それでもまだ、かけ金はマックの頭よりはるか上のほうだ。

ぼくたちは木の門をどんどんたたいた。「だれか！　だれか助けてください！」

「おっきな犬がいたらどうする？」ルルが不安そうにきいた。

「いたら、もう今ごろわんわんほえてるよ」ぼくはルルに言った。ほんとうにそのとおりでありますようにと、祈《いの》るような気持ちだった。

「わあっ！」ぼくたちのうしろで、小さな声がした。「わあっ！　すごくちっちゃい！」

ぼくたちはくるりとふりかえった。

青いTシャツとオーバーオールを着た、ルルと同《おな》い年《どし》くらいの小さな女の子が、口をぽかんとあけてぼくたちのことを見ていた。おもちゃのトラックとトラクターがのった、子ども用の赤い台車を引いている。手とオーバーオールのひざがどろんこだ。

女の子は首をかしげて近づいてくると、ぼくたちのまわりを二回まわった。「だれなの？　ほんとの人間？」女の子はもっと近くまで来た。「宇宙人《うちゅうじん》？」

「ちがうよ」ぼくは言った。「門、あけてくれる？　助けてほしいんだ」

「わあ、見て、ちっちゃい犬」女の子がピッピに手をさしだすと、ピッピは疲《つか》れたようすでうなり声をあげた。

マックが見張《みは》り役みたいに、来た道のほうをじっと見た。

「あのひとの気配《けはい》はない？」ぼくはきいた。

「今んとこ、ない」マックはこたえた。

「おとうさんとおかあさん、家にいる？」ぼくは小さな女の子にたずねた。

「うん」女の子は背《せ》のびして、門のかけ金をはずした。「はい、どうぞ」ぼくたちはよろよろと歩きだした。

「疲れてるの？」女の子がきいた。「乗せたげる」と言うなり、女の子はひとりずつ順《じゅん》に軽々とつかみあげて、赤い台車に乗せていった。トラックとトラクターとぼくたちとで、台車はぎゅうぎゅうづめになった。

玄関《げんかん》ステップの下まで来ると、女の子は大きな声で呼《よ》んだ。「パパ！　ママ！　ほら、見て、見て」女の子はにこにこ顔でぼくたちのほうを見おろした。

「ねえねえ、シャーリー・テンプルって、知ってる？」ルルがきいた。

ぼくたちは色あせた花もようの大きな椅子《いす》に身をよせあってすわって、警察《けいさつ》が来るのを待った。警察のひとたちも、目をうたがうにちがいない。ぼくたちはいろいろと説明《せつめい》したり、質問《しつもん》にこたえたりすることになるだろう。きっとぼくたちの生活は、今までとはがらりと変《か》わっちゃうんだろうな。

シェパードのおばさんはどうなるんだろう。これはっかりは、想像《そうぞう》するしかないか。

ぼくはポケットの中に手を入れて、ジョンの石にさわった。そして、天使が飛《と》び去っていくところを、天使が地上から天国へと向かうようすを思いうかべた。「ありがとう」ぼくはささやいた。「もう帰ってもいいよ」

ぼくたちもみんな帰れるんだから。

ドールハウスにとじこめられる!?——訳者《やくしゃ》あとがきにかえて

ドールハウスとは文字どおり人形《ドール》の家《ハウス》。最近《さいきん》は日本でも知られるようになってきましたが、アメリカにはドールハウス作りを趣味《しゅみ》にしているおとなが大勢《おおぜい》います。形もサイズもさまざまですが、ひとつ共通《きょうつう》しているのは、どれもみなほんものの家にかぎりなく近いという点。スイッチを押《お》せば明かりがつき、蛇口《じゃぐち》から水が出るくらいはあたりまえ。電気製品《せいひん》もちゃんと動きます。室内にはほんものそっくりの家具や道具。クローゼットとたんすのひきだしには服や小物。テーブルの上にお茶と食べかけのお菓子《かし》がおかれていたりして、見ているとほんとうにだれかがそこで暮《く》らしているかのように思えてくる、ちょっと不思議《ふしぎ》な空間なのです。当然《とうぜん》、ドールハウスは製作者の自慢《じまん》の種《たね》で、ひとが訪《たず》ねてくると、ここぞとばかりに披露《ひろう》します。

そんなドールハウスが、この物語の舞台《ぶたい》です。始まりは、主人公カイルに突然《とつぜん》ふりかかった、誘拐《ゆうかい》という おそろしい災難《さいなん》。それも単《たん》なる誘拐ではなくて、カイルは小さくなる注射《ちゅうしゃ》をうたれ、ドールハウスにとじこめられてしまうのです。そして、そこにはすでに、おなじ目にあった子が三人と犬が一匹《びき》。怒《いか》りと絶望感《ぜつぼうかん》に押《お》しつぶされそうになりながらも、カイルはほかの三人とはげましあい、知恵《ちえ》をしぼって脱出《だっしゅつ》計画を練《ね》り、実行します。でも、体の大きさがコーラのびんほどしかないのですから、そうかんたんには逃《に》げられるはずもなく……。はたして全員無事《ぶじ》に逃げだすことができるのでしょうか？　体はもとの大きさにもどるのでしょうか？　最後《さいご》の最後まで息がぬけません。

誘拐《ゆうかい》されて脱出を試《こころ》みる。体をちぢめられてしまい、なんとかもとの姿《すがた》にもどろうとする。物語の筋《すじ》としてはどちらもありがちですが、この手のファンタジイには不思議《ふしぎ》な魅力《みりょく》があるようです。前におなじようなお話を読んだことがあるな、と思いながらも、毎回最後まではらはら、どきどきしながら夢中《むちゅう》で読んでしまいます。それはたぶん、誘拐され、監禁《かんきん》されるなんて想像《そうぞう》するだけでこわいし、自分におこるはずはないと確信《かくしん》をもちつつも、同時にいつ自分の身におこってもおかしくないような気がしてしまうからだと思います。体をちぢめられるというできごとにしても、なぜか妙《みょう》にリアルで、いつのまにか、想像の世界にどっぷりつかってしまうのでしょう。

この物語にももちろん、その〝想像するだにおそろしい〟状況《じょうきょう》がぎっしりとつまっています。でも、それだけではありません。手に汗《あせ》にぎる場面や愉快《ゆかい》な場面が次々にとびだすテンポのよさと、強烈《きょうれつ》な個性《こせい》をもった子どもたちが見せるおとな顔まけの洞察力《どうさつりょく》としたたかさ、ひとりぼっちで暮《く》らす誘拐犯《はん》のおばさんの心もようが巧《たく》みに織《お》りこまれていて、ぐいぐいひきこまれます。数カ月をドールハウスでともに生活した四人と一匹の心のつながりや、非日常的《ひにちじょうてき》な体験《たいけん》を通してたくましく成長していくさまもさらりとえがかれていて、読みだしたらとまらないおもしろさです。

作者のイヴ・バンティングはアメリカではとても人気のあるベテランの児童書《じどうしょ》作家で、日本ではこれまでに『夜がくるまでは』（ブックローン出版《しゅっぱん》刊／江國香織訳《やく》）、『ちいさなこぐまのちいさなボート』（主婦の友社刊／ちばしげき訳）、『いつかどんぐりの木が』（岩崎書店刊／はしもとひろみ訳）などの人気絵本が翻訳《ほんやく》出版されています。本書はそんな作者の最新作《さいしんさく》。みなさんも、登場人物といっしょにドールハウスから逃《に》げだすスリルを味わってください。

最後に、こんな楽しい作品を翻訳するきっかけを作ってくださった早川書房《しょぼう》の橋野紳一さんと、すみからすみまでていねいに読んで、的確《てきかく》なご助言をくださった大黒かおりさんに、この場をお借《か》りして、心からお礼をもうしあげます。

二〇〇五年十二月

早川書房の児童書〈ハリネズミの本箱〉

ドールハウスから逃《に》げだせ！

二〇〇六年一月二十日　初版印刷
二〇〇六年一月三十一日　初版発行

著者　イヴ・バンティング
訳者　瓜生《うりう》知寿子《ちずこ》
発行者　早川　浩
発行所　株式会社早川書房
東京都千代田区神田多町二—二
電話　〇三-三二五二-三一一一（大代表）
振替　〇〇一六〇-三-四七七九九
http://www.hayakawa-online.co.jp
印刷所　株式会社精興社
製本所　大口製本印刷株式会社
乱丁・落丁本は小社制作部宛お送り下さい。
送料小社負担にてお取りかえいたします。

Printed and bound in Japan
ISBN4-15-250038-7　C8097

早川書房の児童書〈ハリネズミの本箱〉

ひとりぼっちのエルフ

シルヴァーナ・デ・マーリ
荒瀬ゆみこ訳
46判上製

この世で最後のエルフがたどる道

賢《かしこ》くやさしいエルフ族は、幼《おさな》い少年ヨーシュひとりを残して死に絶《た》えた。人間の男女や老ドラゴンとめぐりあい、成長していくヨーシュを、思いもよらない運命が待ち受ける……出会いと別れ、友情《ゆうじょう》と信頼《しんらい》を描《えが》いたファンタジイ